El Último Horizonte Estelar
AF593135

EL ÚLTIMO HORIZONTE ESTELA

Autor: Victor Ortiz

DESCRIPCIÓN

"El Último Horizonte Estelar" es una epopeya espacial que transporta a los lectores a través de las vastas extensiones del cosmos. En esta obra, los lectores se embarcan en un emocionante viaje junto a la tripulación de la nave Luz del Amanecer mientras exploran los límites del espacio y desentrañan los misterios ocultos entre las estrellas.

La historia está impregnada de maravilla y asombro, con descripciones vívidas de paisajes estelares, planetas exóticos y civilizaciones alienígenas. Desde las vastas llanuras de planetas desiertos hasta las ciudades flotantes en el espacio profundo, cada escenario está meticulosamente detallado, sumergiendo al lector en un universo vibrante y lleno de vida.

Pero más allá de la aventura y la exploración, "El Último Horizonte Estelar" también ofrece una profunda reflexión sobre temas universales como la amistad, el sacrificio, la búsqueda del conocimiento y el sentido de pertenencia en el cosmos. A medida que la tripulación se enfrenta a desafíos extraordinarios y descubre secretos ancestrales, los lectores son llevados a reflexionar sobre su propio lugar en el universo y el significado de la existencia misma.

Con una narrativa envolvente y personajes memorables, "El Último Horizonte Estelar" cautiva a los lectores desde la primera página y los transporta a un viaje inolvidable a través de las estrellas.

INDICE

Estos son los capítulos que conforman la historia de esta emocionante epopeya espacial.

CAPÍTULO 1: EL LLAMADO DEL COSMOS

En los confines del universo, donde la oscuridad se extiende como un manto infinito, y las estrellas titilan como faros distantes en la noche cósmica, una nave solitaria surcaba el vacío. La Luz del Amanecer, una nave de exploración intergaláctica, se deslizaba sin esfuerzo a través del espacio, su casco reluciente reflejaba la luz de las estrellas cercanas.

◆ ◆ ◆

En la cabina de mando, el Capitán Kaelen observaba los monitores con atención, sus ojos escudriñando el vasto paisaje celestial en busca de cualquier señal de vida o de recursos. A su lado, la teniente Alara, su fiel segundo al mando, monitoreaba los sistemas de la nave con precisión experta.

—¿Algún signo de actividad en los escáneres, Alara? —preguntó Kaelen, su voz resonando en la tranquila cabina.

◆ ◆ ◆

—Nada por el momento, capitán —respondió Alara, sus dedos volando sobre los controles—. Estamos en una región bastante remota del espacio. Las probabilidades de encontrar algo son mínimas.

◆ ◆ ◆

Kaelen asintió con resignación. Sabía que la exploración era un juego de paciencia y perseverancia. A veces, días e incluso semanas podían pasar sin descubrir nada de interés. Pero eso no disminuía su determinación.

◆ ◆ ◆

La Luz del Amanecer había sido enviada en una misión de exploración de larga duración por la Confederación Galáctica, una alianza de civilizaciones que se extendía a lo largo y ancho de la galaxia. Su objetivo era cartografiar regiones desconocidas del espacio, buscar nuevos mundos habitables y recursos para la creciente población de la galaxia.

Kaelen se levantó de su asiento y se dirigió hacia la ventana panorámica de la cabina. Allí, contempló el mar de estrellas que se extendía ante él, preguntándose qué secretos y maravillas aguardaban más allá de su alcance. Desde niño, había soñado con explorar los confines del universo, desafiando los límites del conocimiento y la imaginación.

—Capitán, estamos recibiendo una transmisión de emergencia —anunció Alara, interrumpiendo sus pensamientos.

Kaelen se volvió hacia los monitores con expresión seria. La pantalla parpadeaba con la señal entrante, una secuencia de códigos y símbolos que indicaban una llamada de socorro.

—¿Puedes identificar el origen de la transmisión, Alara? —preguntó Kaelen, su voz tensa con anticipación.

Alara manipuló los controles con rapidez, rastreando la señal hasta su fuente. Después de unos momentos de silencio, levantó la mirada con una expresión de sorpresa.

—Es una nave desconocida, capitán —informó—. Parece estar varada en un sistema estelar cercano. No podemos ignorar su llamado de ayuda.

Kaelen asintió con determinación. Aunque la misión de la Luz del Amanecer era la exploración, también estaban obligados a prestar asistencia a aquellos que lo necesitaban en el vasto y peligroso cosmos.

◆ ◆ ◆

—Prepara los motores de salto, Alara —ordenó Kaelen—. Vamos a investigar.

◆ ◆ ◆

La teniente Alara asintió y comenzó a ejecutar las órdenes del capitán. Mientras la nave se preparaba para el salto al hiperespacio, Kaelen se sentó en su asiento y se ajustó el cinturón de seguridad. Sabía que estaban a punto de adentrarse en lo desconocido, enfrentándose a peligros y desafíos que ni siquiera podían imaginar.

Con un zumbido suave, la Luz del Amanecer se lanzó hacia el vacío, dejando atrás las estrellas familiares y adentrándose en el hiperespacio. El tiempo y el espacio se distorsionaron a su alrededor, formando remolinos de luz y sombra que envolvían la nave en un torbellino de energía.

Después de lo que pareció una eternidad, la nave emergió en el sistema estelar donde se originaba la transmisión de emergencia. A su alrededor, las estrellas brillaban con intensidad, iluminando un paisaje celestial de una belleza indescriptible

—Hemos llegado, capitán —anunció Alara, sus dedos volando sobre los controles—. La nave en problemas debería estar cerca.

Kaelen asintió y examinó los monitores con atención. Detectaron la señal de la nave varada en los límites exteriores del sistema estelar, cerca de un planeta desconocido envuelto en nubes de gas y polvo.

—Dirige la nave hacia las coordenadas de la transmisión, Alara —ordenó Kaelen—. Vamos a ver qué podemos hacer para ayudar.

La teniente Alara maniobró hábilmente los controles, llevando la Luz del Amanecer hacia la nave averiada. A medida que se acercaban, pudieron ver la silueta oscura de la nave, sus luces de navegación parpadeando débilmente en la oscuridad del espacio.

—Parece que están sufriendo problemas con su propulsor principal —observó Alara, examinando los datos de los escáneres—. Podríamos intentar remolcarlos hasta el planeta más cercano para realizar las reparaciones necesarias.

Kaelen asintió y activó el comunicador de la nave.

—Aquí el Capitán Kaelen de la nave Luz del Amanecer —transmitió—. Hemos recibido su llamado de emergencia y estamos aquí para prestar asistencia. ¿Pueden recibirnos?

Hubo un momento de estática antes de que una voz débil respondiera desde la nave averiada.

—Capitán Kaelen, gracias por responder —dijo la voz, llena de alivio—. Estamos sufriendo problemas con nuestro propulsor principal y nos estamos quedando sin energía. Cualquier ayuda que puedan brindarnos sería bienvenida.

Kaelen intercambió una mirada con Alara antes de responder.

—Entendido. Vamos a intentar remolcarlos hasta el planeta más cercano para realizar las reparaciones necesarias. Por favor, manténganse en comunicación con nosotros

—Muy bien, Capitán Kaelen —respondió la voz desde la nave averiada—. Agradecemos enormemente su ayuda.

Kaelen instruyó a Alara para que preparara los sistemas de remolque mientras se acercaban a la nave en apuros. Con cuidado y precisión, la Luz del Amanecer se acopló con la otra nave, asegurándose de que el remolque fuera seguro y estable.

◆ ◆ ◆

Una vez que estuvieron en posición, Kaelen ordenó a la teniente Alara que iniciara el remolque hacia el planeta más cercano. La nave respondió con lentitud al tirón de la Luz del Amanecer, sus sistemas dañados luchando por mantenerse operativos.

◆ ◆ ◆

Durante el viaje hacia el planeta, Kaelen y Alara permanecieron en alerta máxima, supervisando los sistemas de ambas naves y preparados para enfrentarse a cualquier obstáculo que pudiera surgir. Afortunadamente, el viaje transcurrió sin contratiempos significativos, y pronto llegaron a la órbita del planeta.

—Hemos llegado al destino, capitán —informó Alara, revisando los datos de los escáneres—. El planeta parece tener una atmósfera respirable y condiciones adecuadas para realizar las reparaciones necesarias.

Kaelen asintió con satisfacción y se comunicó nuevamente con la nave averiada.

◆ ◆ ◆

—Hemos llegado al planeta —transmitió—. Prepararemos una misión de rescate para llevar a su tripulación a salvo a bordo de la Luz del Amanecer.

◆ ◆ ◆

La voz desde la nave averiada respondió con gratitud, y Kaelen instruyó a su equipo para que comenzara los preparativos. Mientras tanto, Alara coordinaba los esfuerzos para reparar los sistemas de la nave varada.

A medida que avanzaban con las reparaciones, Kaelen aprovechó la oportunidad para explorar el planeta desconocido. Con un equipo de exploración a bordo, descendieron a la superficie del mundo, maravillados por la diversidad de paisajes y formas de vida que encontraron.

◆ ◆ ◆

Durante días, exploraron el planeta, mapeando su geografía, estudiando su flora y fauna, y estableciendo contacto con las criaturas nativas. Cada descubrimiento alimentaba su curiosidad y avivaba su deseo de explorar más allá de los confines conocidos del universo.

Finalmente, las reparaciones en la nave averiada estuvieron completas, y la tripulación fue trasladada de regreso a bordo de la Luz del Amanecer. Con un último adiós al planeta desconocido, la nave se alejó de su órbita y se lanzó de nuevo al espacio.

◆ ◆ ◆

—Misión cumplida, Capitán Kaelen —dijo Alara, una sonrisa de satisfacción curvando sus labios —. ¿Cuál será nuestro próximo destino?

Kaelen miró por la ventana, contemplando las estrellas que se extendían ante ellos en todas direcciones.

—Nuestro próximo destino será el horizonte estelar más allá —respondió—. Hay un vasto universo por explorar, y nosotros somos los guardianes de ese legado.

Con determinación en sus corazones y el cosmos como su guía, la Luz del Amanecer se lanzó hacia lo desconocido, listos para enfrentarse a los desafíos y maravillas que les esperaban en el vasto y eterno horizonte estelar.

A medida que la Luz del Amanecer se alejaba del planeta desconocido, el equipo a bordo se preparaba para su próxima aventura. Kaelen y Alara se reunieron en la cabina de mando, revisando mapas estelares y coordinando la ruta hacia su próximo destino.

—¿Qué sabemos sobre el próximo sistema estelar, Alara? —preguntó Kaelen, con la mirada fija en los monitores de navegación.

Alara consultó los datos en la pantalla holográfica frente a ellos y frunció el ceño ligeramente.

◆ ◆ ◆

—Es un sistema poco explorado, Capitán —respondió —. Los informes sugieren que hay varios planetas en órbita alrededor de una estrella principal, pero no se ha realizado un análisis detallado de sus características.

◆ ◆ ◆

Kaelen asintió, satisfecho con la respuesta. La idea de explorar un sistema estelar poco conocido despertaba su curiosidad y su sentido de la aventura.

—Preparen los escáneres y asegúrense de que todos los sistemas estén en óptimas condiciones —ordenó Kaelen—. No sabemos qué nos espera en nuestro próximo destino, así que debemos estar preparados para cualquier eventualidad.

Con diligencia, el equipo a bordo de la Luz del Amanecer se preparó para el viaje. Los motores zumbaban con energía mientras la nave se deslizaba a través del espacio, su rumbo fijado en el horizonte estelar más allá.

◆ ◆ ◆

Durante el viaje, Kaelen y Alara revisaron los informes de la nave y discutieron posibles estrategias para la exploración del nuevo sistema estelar. Cada uno de ellos estaba ansioso por descubrir lo que aguardaba en las estrellas desconocidas que se aproximaban.

◆ ◆ ◆

Finalmente, la Luz del Amanecer llegó al borde del sistema estelar, y Kaelen dio la orden de iniciar el escaneo de los planetas en órbita alrededor de la estrella principal. Los sensores de la nave recogieron datos sobre la composición atmosférica, la topografía y la posible presencia de vida en cada uno de los mundos.

◆ ◆ ◆

A medida que los informes comenzaron a llegar, el equipo a bordo de la nave se sumergió en un frenesí de actividad, analizando los datos y discutiendo los posibles cursos de acción. Cada descubrimiento era una pieza del rompecabezas, una pista que los acercaba un poco más al conocimiento de los misterios del universo.

—Capitán, hemos detectado un planeta que parece tener condiciones similares a las de la Tierra primitiva —informó Alara, su voz llena de emoción—. Hay indicios de agua líquida y una atmósfera rica en oxígeno.

◆ ◆ ◆

Kaelen se acercó a los monitores y examinó los datos con interés.

◆ ◆ ◆

—Interesante —murmuró—. ¿Hay alguna señal de vida en la superficie? Alara consultó los escáneres nuevamente antes de responder.

—No hay señales evidentes de vida inteligente —dijo—, pero los sensores indican la presencia de formas de vida simples, como microorganismos y vegetación primitiva.

Kaelen asintió, considerando sus opciones. La posibilidad de encontrar vida en otro mundo era emocionante, pero también planteaba preguntas sobre el impacto de su presencia en ese ecosistema delicado.

—Prepararemos una misión de exploración para investigar más a fondo el planeta —decidió—. Pero debemos proceder con cautela y respeto hacia cualquier forma de vida que encontremos.

Con esa decisión tomada, el equipo a bordo de la Luz del Amanecer se preparó para descender a la superficie del planeta desconocido. Sabían que estaban a punto de enfrentarse a lo desconocido una vez más, pero estaban listos para el desafío, con la certeza de que estaban en el umbral de descubrimientos que cambiarían la comprensión de la humanidad sobre el universo.

La nave se aproximó lentamente a la atmósfera del planeta, atravesando las capas de nubes blancas y esponjosas que cubrían la superficie. A medida que descendían, Kaelen y Alara observaban con asombro el paisaje que se revelaba ante ellos: vastas extensiones de praderas verdes se extendían hasta el horizonte, salpicadas por cuerpos de agua cristalina y bosques exuberantes.

—Es impresionante, ¿no crees, capitán? —comentó Alara, con admiración en su voz mientras observaba el panorama desde la ventana.

Kaelen asintió, absorto por la belleza del mundo que se desplegaba ante ellos.

—Es como si estuviéramos en un paraíso perdido —dijo, maravillado.

La nave aterrizó suavemente en una clara de bosque, y el equipo comenzó los preparativos para la exploración. Equipados con trajes espaciales y equipos de investigación, Kaelen, Alara y un grupo de tripulantes descendieron a la superficie del planeta, listos para descubrir sus secretos.

◆ ◆ ◆

A medida que avanzaban por el bosque, se maravillaron ante la diversidad de vida que encontraron: árboles gigantescos que se alzaban hacia el cielo, criaturas extrañas y coloridas que se deslizaban entre la maleza y ríos cristalinos que serpentean a través del paisaje. Era un mundo vibrante y lleno de vida, y cada paso que daban revelaba nuevos misterios y maravillas.

—Es increíble pensar que este lugar ha estado aquí todo el tiempo, esperando ser descubierto —murmuró Alara, con asombro en su voz.

◆ ◆ ◆

Kaelen asintió, compartiendo su asombro. Sabía que estaban presenciando algo único, un rincón del universo que aún no había sido tocado por la mano del hombre.

A medida que avanzaban, los exploradores comenzaron a encontrar evidencia de una civilización antigua: ruinas cubiertas de musgo y piedras talladas que marcaban el paso del tiempo. Parecía que el planeta había sido habitado en algún momento del pasado, pero ahora yacía abandonado y olvidado.

—Interesante —murmuró Kaelen, examinando una reliquia antigua que yacía entre las ruinas—. Parece ser algún tipo de artefacto ceremonial.

Alara se acercó para examinarlo, su mirada brillando con curiosidad.

—Creo que deberíamos llevarnos algunas muestras para analizar en la nave —sugirió—. Podrían ayudarnos a entender más sobre la historia de este lugar.

Kaelen asintió, de acuerdo con la sugerencia de Alara. Sabía que cada descubrimiento que hicieran en ese mundo misterioso podría arrojar luz sobre su pasado y su futuro.

Después de horas de exploración, el equipo regresó a la nave con sus hallazgos en mano. Mientras la Luz del Amanecer se elevaba de nuevo hacia el espacio, Kaelen y Alara reflexionaron sobre lo que habían visto y experimentado en el planeta desconocido.

—Es increíble pensar en toda la vida que existe ahí fuera, esperando ser descubierta —dijo Alara, mirando por la ventana hacia las estrellas brillantes que se extendían ante ellos.

◆ ◆ ◆

Kaelen asintió, pensativo.

◆ ◆ ◆

—Sí, y nosotros somos los afortunados que tenemos la oportunidad de explorarla —respondió—. Quién sabe qué otros secretos nos esperan en el vasto y eterno horizonte estelar.

Mientras la nave se alejaba del planeta desconocido, el equipo a bordo continuaba analizando los datos y muestras recopiladas durante la exploración. En el laboratorio de la nave, científicos y expertos examinaban las reliquias y especímenes encontrados, buscando pistas sobre la historia y la evolución del mundo que habían visitado.

Kaelen y Alara se reunieron en la sala de conferencias, donde discutieron los hallazgos y planearon su siguiente curso de acción.

—Los análisis preliminares sugieren que el planeta estuvo habitado por una civilización avanzada en algún momento del pasado —explicó Alara, mostrando los informes en la pantalla holográfica—. Las ruinas y artefactos que encontramos indican un alto nivel de desarrollo tecnológico y cultural.

◆ ◆ ◆

Kaelen asintió, absorbido por la información.

◆ ◆ ◆

—¿Hay alguna indicación de qué pudo haber llevado a la desaparición de esta civilización? —preguntó, con la mirada fija en los datos.

◆ ◆ ◆

Alara frunció el ceño mientras revisaba los informes.

◆ ◆ ◆

—Aún no podemos estar seguros —respondió—. Parece que hubo algún tipo de catástrofe global que provocó la caída de la civilización, pero necesitaremos más análisis para determinar la causa exacta.

Kaelen reflexionó sobre las implicaciones de esa revelación. La idea de que una civilización tan avanzada hubiera desaparecido dejó un sentimiento de melancolía en su corazón. Se preguntó qué lecciones podrían aprender de la historia de ese mundo perdido.

◆ ◆ ◆

—Debemos seguir investigando —dijo finalmente—. Quizás

podamos encontrar más pistas sobre lo que sucedió aquí y cómo podemos evitar que ocurra lo mismo en otros lugares.

◆ ◆ ◆

Con esa determinación en mente, el equipo de la Luz del Amanecer continuó su exploración del espacio, visitando nuevos sistemas estelares y descubriendo mundos nunca antes vistos. Con cada descubrimiento, aprendieron más sobre la vastedad y la diversidad del universo, y se maravillaron ante las maravillas que encontraron en su camino.

◆ ◆ ◆

A medida que el tiempo pasaba, Kaelen y Alara se convirtieron en leyendas en la Confederación Galáctica, conocidos por su valentía y su insaciable sed de conocimiento. Aunque enfrentaron muchos desafíos y peligros en su viaje, nunca perdieron la esperanza ni la determinación de explorar más allá de los límites conocidos del universo.

◆ ◆ ◆

Y así, mientras la Luz del Amanecer se desvanecía en el horizonte estelar, su legado vivía en las historias y los corazones de aquellos que soñaban con alcanzar las estrellas y más allá.

Mientras la Luz del Amanecer se alejaba del planeta desconocido, Kaelen y Alara reflexionaron sobre los descubrimientos que habían hecho y las posibles implicaciones de lo que habían encontrado.

—Es fascinante pensar en lo que podríamos aprender de ese mundo —comentó Kaelen, con la mirada perdida en el espacio estelar—. Las ruinas que encontramos sugieren que alguna vez estuvo habitado por una civilización avanzada. Me pregunto qué les sucedió

Alara asintió, sumida en sus propios pensamientos.

—Es difícil decirlo —respondió—. Podría haber sido una catástrofe natural, o tal vez hubo conflictos internos que llevaron a su desaparición. Espero que podamos descubrir más cuando analicemos las muestras que recolectamos.

Con ese pensamiento en mente, se dirigieron al laboratorio de la nave para comenzar el análisis de las muestras. Durante horas, trabajaron incansablemente, examinando cada detalle en busca de pistas sobre la historia del planeta y su antigua civilización.

Finalmente, después de exhaustivas pruebas y análisis, comenzaron a descifrar los secretos ocultos en las muestras. Descubrieron que el planeta había sido habitado hace miles de años por una civilización altamente avanzada, que había dejado atrás una rica herencia cultural y tecnológica.

◆ ◆ ◆

—Es increíble pensar en lo que podríamos aprender de ellos —musitó Alara, maravillada por los hallazgos que estaban haciendo.

Kaelen asintió, emocionado por las posibilidades que se abrían ante ellos.

◆ ◆ ◆

—Sin duda, estos descubrimientos cambiarán nuestra comprensión del universo —dijo—. Y también plantean nuevas preguntas sobre nuestro lugar en él.

Con cada descubrimiento que hacían, Kaelen y Alara se sentían más conectados con el vasto y misterioso cosmos que los rodeaba. Cada nuevo mundo explorado, cada nueva civilización descubierta, los acercaba un poco más a comprender los misterios del universo y su lugar en él.

Mientras la Luz del Amanecer continuaba su viaje a través del espacio, Kaelen y Alara sabían que seguirían explorando, descubriendo y aprendiendo todo lo que el universo tenía para ofrecer. Porque, al final del día, su misión no era solo cartografiar estrellas y planetas, sino también comprender la infinita maravilla y complejidad del cosmos que llamaban hogar.

CAPÍTULO 2: EL MISTERIO DE LOS ANILLOS DE JÚPITER

La Luz del Amanecer se deslizaba en silencio a través del espacio, su casco brillando con la luz de las estrellas distantes. En la cabina de mando, el Capitán Kaelen y la teniente Alara estaban absortos en la lectura de los informes de exploración recientes, mientras la nave continuaba su travesía por el vasto universo.

◆ ◆ ◆

—Los últimos datos de escaneo muestran que nos estamos acercando al sistema de Júpiter, capitán —informó Alara, sus ojos escudriñando los monitores—. Hay algo inusual en los anillos del planeta que ha llamado mi atención.

Kaelen se enderezó en su asiento, interesado por la observación de Alara.

◆ ◆ ◆

—¿Qué has encontrado, Alara? —preguntó, con curiosidad palpable en su voz.

Alara manipuló los controles y proyectó una imagen holográfica de los anillos de Júpiter en la pantalla principal de la cabina.

—Los anillos parecen estar experimentando fluctuaciones en su estructura y composición —explicó —. No son consistentes con los patrones observados anteriormente en otros sistemas planetarios.

Parece que hay algo más que los está afectando.

Kaelen examinó la imagen con atención, estudiando cada detalle de los anillos en busca de pistas sobre su origen y naturaleza.

—Interesante —murmuró—. ¿Podría ser causado por alguna actividad desconocida en el sistema de Júpiter?

Alara asintió, considerando la posibilidad.

—Es una posibilidad, capitán —respondió—. Pero también podría ser el resultado de la presencia de algún tipo de objeto o fenómeno desconocido dentro de los anillos mismos.

Kaelen reflexionó sobre la información mientras la nave continuaba avanzando hacia el sistema de Júpiter. Sabía que debían investigar más a fondo para descubrir la verdad detrás de las misteriosas fluctuaciones en los anillos del gigante gaseoso.

—Prepara los escáneres de largo alcance, Alara —ordenó Kaelen —. Vamos a realizar un análisis detallado de los anillos de Júpiter y cualquier cosa que pueda estar causando estas anomalías.

Alara asintió y comenzó a trabajar en los controles, ajustando los parámetros de los escáneres para que pudieran detectar cualquier señal de actividad inusual en el sistema de Júpiter. Mientras tanto, Kaelen se mantuvo atento, observando con anticipación mientras la nave se acercaba cada vez más al gigante gaseoso.

Después de un tiempo, los escáneres comenzaron a recoger datos, revelando una serie de lecturas desconcertantes que desafiaban cualquier explicación lógica. Las fluctuaciones en los anillos de Júpiter eran más pronunciadas de lo que habían anticipado, y parecía que algo más estaba en juego.

—Esto es extraño, capitán —dijo Alara, frunciendo el ceño mientras revisaba los datos—. Las fluctuaciones en los anillos son mucho más intensas de lo que habíamos esperado. Y hay algo más... algo en el interior de los anillos que está emitiendo una señal de energía.

Kaelen se levantó de su asiento y se acercó a la pantalla, sus ojos escudriñando los datos con intensidad.

—¿Puedes determinar la naturaleza de esa señal de energía? —preguntó, su voz llena de urgencia.

Alara trabajó rápidamente en los controles, analizando los patrones de la señal con cuidado.

—Es difícil de decir con certeza, capitán —respondió—. Pero parece estar fluctuando entre formas de energía conocidas y desconocidas. No puedo identificar su origen con precisión.

Kaelen reflexionó sobre la información, consciente de que estaban ante un misterio que desafiaba su comprensión del universo. Sabía que debían investigar más a fondo para descubrir la verdad detrás de las anomalías en los anillos de Júpiter y la misteriosa señal de energía que los acompañaba.

—Preparemos un equipo de exploración —ordenó Kaelen—. Vamos a descender a la superficie de Júpiter y averiguar qué está causando estas fluctuaciones en los anillos y la señal de energía.

Alara asintió, lista para llevar a cabo las órdenes del capitán.

—Entendido, capitán —respondió—. Prepararé al equipo y nos dirigiremos hacia Júpiter.

◆ ◆ ◆

Con determinación en sus corazones y el misterio como su guía, Kaelen, Alara y un grupo de tripulantes se prepararon para descender a la superficie de Júpiter en busca de respuestas. Sin embargo, lo que encontrarían allí superaría sus expectativas más salvajes y los llevaría a un viaje más allá de su comprensión del universo.

El equipo de exploración se preparó meticulosamente para el descenso a la superficie de Júpiter. Equipados con trajes espaciales reforzados y herramientas especializadas, se reunieron en la bahía de aterrizaje mientras la nave se aproximaba al gigante gaseoso.

◆ ◆ ◆

Kaelen y Alara lideraban la expedición, con determinación en sus rostros mientras revisaban los planes y estrategias para la misión. Sabían que enfrentarían peligros desconocidos y desafíos inesperados, pero estaban dispuestos a arriesgarse en pos de descubrir la verdad detrás de las anomalías en los anillos de Júpiter.

Finalmente, la nave se detuvo en la órbita del planeta y la bahía de aterrizaje se abrió, revelando el vasto abismo de la atmósfera de Júpiter extendiéndose ante ellos. Con un último vistazo a sus compañeros de equipo, Kaelen y Alara se lanzaron hacia el desconocido, descendiendo a través de las nubes tormentosas hacia la superficie del gigante gaseoso.

A medida que se acercaban a la atmósfera de Júpiter, la presión aumentaba y las tormentas eléctricas rugían a su alrededor. Los sistemas de la nave chirriaban y crujían bajo el estrés, pero el equipo mantuvo la calma, confiando en su entrenamiento y habilidades para superar los desafíos que les esperaban.

Finalmente, emergieron de las nubes y aterrizaron en la superficie de Júpiter, rodeados por un paisaje desolado y desolador. El suelo estaba cubierto de rocas y escombros, y la atmósfera era espesa con gases tóxicos que dificultaban la respiración.

◆ ◆ ◆

—Mantengan la comunicación en todo momento y manténganse juntos —ordenó Kaelen, su voz filtrándose a través de los auriculares de comunicación —. No sabemos qué nos espera aquí abajo.

El equipo avanzó con cautela, utilizando sus trajes espaciales para protegerse de los peligros del entorno. A medida que exploraban, comenzaron a notar señales de actividad inusual: extrañas formaciones de roca que parecían haber sido alteradas de manera artificial y artefactos extraños esparcidos por la superficie.

—Esto es increíble —murmuró Alara, examinando uno de los artefactos con asombro—. Parece ser de origen tecnológico, pero no puedo identificar su propósito.

Kaelen asintió, compartiendo su sorpresa.

◆ ◆ ◆

—Esto sugiere que no estamos solos aquí abajo —dijo—. Deberíamos continuar explorando y ver qué más podemos encontrar.

◆ ◆ ◆

Con ese objetivo en mente, el equipo continuó su exploración, siguiendo las pistas dejadas por la presencia desconocida en la superficie de Júpiter. A medida que avanzaban, se encontraron con más artefactos y estructuras misteriosas, cada una de las cuales alimentaba su curiosidad y su sentido de asombro.

Finalmente, llegaron a una gran caverna excavada en el suelo de Júpiter, su entrada iluminada por una luz brillante y pulsante. Con cautela, el equipo se adentró en la caverna, preparados para lo que pudieran encontrar en su interior.

Lo que descubrieron los dejó sin aliento. La caverna estaba llena de tecnología avanzada y maquinaria sofisticada, indicando que había sido habitada por una civilización muy avanzada en algún momento del pasado. Pero lo más sorprendente de todo fue lo que encontraron en el centro de la caverna: una enorme estructura en forma de cúpula, brillando con una luz intensa y emanando una energía poderosa.

—¡Es asombroso! —exclamó Alara, con los ojos brillando de emoción—. ¿Qué crees que es?

Kaelen miró la estructura con asombro, tratando de comprender su propósito y origen.

◆ ◆ ◆

—No estoy seguro —respondió—. Pero parece ser la fuente de la señal de energía que detectamos desde la nave. Debemos investigar más a fondo para descubrir qué está sucediendo aquí.

Con determinación en sus corazones, Kaelen, Alara y el equipo avanzaron hacia la estructura, preparados para enfrentar los misterios que les esperaban en el corazón de Júpiter. Lo que descubrieron allí cambiaría para siempre su comprensión del universo y su lugar en él.

La estructura en forma de cúpula irradiaba una energía palpable, envolviendo a los exploradores en una atmósfera de misterio y maravilla. A medida que se acercaban, pudieron ver símbolos y escrituras grabadas en las paredes, indicando que esta civilización había sido increíblemente avanzada en su tiempo.

—Es como si estuviéramos presenciando los restos de una antigua civilización alienígena —

susurró Alara, su voz llena de reverencia.

◆ ◆ ◆

Kaelen asintió, cautivado por la magnitud del descubrimiento. Se acercaron a la estructura con cuidado, conscientes de la posibilidad de que estuviera activa y fuera peligrosa.

◆ ◆ ◆

—Vamos a investigar más de cerca —dijo Kaelen, su voz resonando en la caverna—. Pero mantengan la guardia alta en caso de que haya algún peligro.

◆ ◆ ◆

Con precaución, el equipo avanzó hacia la estructura, observando cada detalle con atención. A medida que se acercaban, la intensidad de la energía que emanaba aumentaba, envolviéndolos en una sensación de asombro y temor.

Finalmente, llegaron al centro de la cúpula, donde encontraron un pedestal elevado con una extraña esfera de cristal en su cima. La esfera brillaba con una luz resplandeciente, cambiando de color y forma de manera constante, como si estuviera viva.

—¿Qué crees que es esto, capitán? —preguntó Alara, con los ojos fijos en la esfera de cristal.

Kaelen frunció el ceño, tratando de comprender la naturaleza del artefacto.

—No lo sé con certeza —respondió—. Pero parece ser una fuente de energía extremadamente poderosa. Tal vez sea lo que está causando las fluctuaciones en los anillos de Júpiter.

Decidido a obtener respuestas, Kaelen extendió la mano hacia la esfera de cristal, sintiendo una corriente de energía pasar por su cuerpo cuando la tocó. De repente, la esfera comenzó a brillar con una intensidad deslumbrante, envolviendo a los exploradores en una luz cegadora.

Cuando la luz se desvaneció, se encontraron en un lugar completamente nuevo, rodeados por una vasta extensión de espacio estelar desconocido. Estaban en el corazón de una galaxia distante, lejos de Júpiter y de la Luz del Amanecer.

—¿Dónde estamos? —preguntó Alara, su voz llena de asombro mientras miraba a su alrededor.

Kaelen miró a su alrededor, intentando comprender lo que había sucedido.

◆ ◆ ◆

—Creo que esta esfera nos ha transportado a través del espacio y el tiempo —dijo—. Nos ha llevado a algún lugar en el universo que está más allá de nuestra comprensión.

Con el corazón latiendo de emoción y asombro, Kaelen, Alara y el equipo se prepararon para explorar este nuevo y misterioso rincón del universo. Sabían que estaban ante un descubrimiento que cambiaría para siempre su comprensión del cosmos y su lugar en él. Y aunque el camino por delante estaba lleno de peligros y desafíos, estaban listos para enfrentarlos con valentía y determinación, sabiendo que estaban escribiendo un nuevo capítulo en la historia de la exploración espacial.

A medida que exploraban el nuevo rincón del universo al que habían sido transportados, Kaelen, Alara y el equipo se maravillaban ante la belleza y la grandiosidad de los sistemas estelares que se extendían ante ellos. Estaban rodeados por estrellas brillantes, nebulosas resplandecientes y planetas exóticos que desafiaban la imaginación.

Sin embargo, pronto se dieron cuenta de que no estaban solos en este lugar desconocido. A medida que exploraban más a fondo, comenzaron a detectar señales de actividad y presencia de otras formas de vida en la región. Esto les planteaba preguntas sobre quiénes eran los habitantes de este lugar y cuál era su propósito en el cosmos.

—Capitán, hemos detectado una nave alienígena en nuestro sector —informó Alara, su voz filtrándose a través del sistema de comunicaciones—. Parece estar investigando la misma región que nosotros.

◆ ◆ ◆

Kaelen reflexionó sobre la información, consciente de que debían proceder con precaución en presencia de seres desconocidos.

◆ ◆ ◆

—Mantengan un ojo en ellos, Alara —ordenó—. No sabemos cuáles son sus intenciones, así que debemos estar preparados para cualquier eventualidad.

◆ ◆ ◆

Mientras continuaban explorando, se encontraron con más señales de la presencia alienígena: naves espaciales que surcaban el espacio, estaciones de observación orbitando planetas distantes y estructuras avanzadas que indicaban una civilización tecnológicamente sofisticada.

—Esto es increíble —murmuró Alara, maravillada por las vistas que se desplegaban ante ellos—. Nunca hubiera imaginado que existiera tanta vida y actividad en el universo.

Kaelen asintió, compartiendo su asombro. Sabía que estaban presenciando algo único, un rincón del cosmos que había permanecido oculto a los ojos de la humanidad durante eones.

Sin embargo, su asombro se vio interrumpido por un evento inesperado: la nave alienígena que habían detectado anteriormente se acercaba rápidamente a ellos, sus armas cargadas y listas para disparar.

—¡Nos están atacando! —exclamó Alara, su voz llena de alarma.

Kaelen actuó con rapidez, ordenando al equipo que preparara las defensas y devolviera el fuego. La nave de la Luz del Amanecer se sacudió violentamente bajo el impacto de los disparos alienígenas, pero Kaelen y su tripulación se mantuvieron firmes, decididos a protegerse y defenderse.

La batalla se prolongó durante horas, con la nave de Kaelen y la nave alienígena intercambiando fuego en un frenesí de acción y adrenalina. A pesar de los esfuerzos del equipo, la nave de la Luz del Amanecer sufría daños cada vez mayores, y parecía que estaban perdiendo terreno ante el enemigo implacable.

—¡No podemos seguir así por mucho tiempo, capitán! —gritó Alara, su voz llena de desesperación—. ¡Necesitamos encontrar una manera de derrotarlos! Kaelen reflexionó sobre sus opciones, su mente buscando una solución a la situación desesperada en la que se encontraban. Sabía que debían actuar con rapidez y determinación si querían sobrevivir y proteger a su tripulación.

Finalmente, una idea brilló en la mente de Kaelen, una solución que podría cambiar el curso de la batalla y darles una oportunidad de victoria. Con determinación en su corazón, dio las órdenes necesarias y preparó a su equipo para su último y arriesgado plan.

—¡Todos a sus puestos! —gritó Kaelen, su voz resonando a través de la nave—. ¡Vamos a darles un golpe final que nunca olvidarán! Con el espíritu de lucha ardiendo en sus corazones, Kaelen, Alara y el equipo se prepararon para el asalto final contra la nave alienígena. Sabían que el destino del universo estaba en juego y que solo con valentía y determinación podrían prevalecer contra el enemigo que se les oponía.

Con determinación férrea, el equipo de la Luz del Amanecer ejecutó el arriesgado plan de ataque contra la nave alienígena. Se movieron con agilidad y precisión, maniobrando la nave a través del campo de batalla mientras evadían los disparos enemigos y buscaban una oportunidad para contraatacar.

◆ ◆ ◆

Kaelen lideraba el esfuerzo con coraje y determinación, coordinando los movimientos de la nave y dando instrucciones precisas a su equipo. Sabía que estaban en una situación desesperada, pero se negaba a rendirse ante el enemigo que amenazaba su supervivencia.

◆ ◆ ◆

Alara, por su parte, trabajaba incansablemente en los sistemas de armas, buscando debilidades en la defensa enemiga y disparando con precisión milimétrica cuando se presentaba la oportunidad. Su determinación y habilidad eran una fuente de inspiración para todo el equipo, infundiéndoles la fuerza necesaria para continuar luchando incluso en los momentos más oscuros de la batalla.

A pesar de los desafíos abrumadores, la Luz del Amanecer logró infligir daño significativo a la nave alienígena, debilitando sus defensas y acercándose cada vez más a la victoria. Sin embargo, el enemigo no estaba dispuesto a rendirse fácilmente y contraatacó con ferocidad renovada, lanzando una serie de ataques desesperados en un intento de repeler el asalto

La batalla se prolongó durante horas interminables,

con ambas naves luchando con todas sus fuerzas en un duelo épico que resonaría a través de las estrellas. La tensión en la cabina de mando era palpable, cada momento lleno de anticipación y peligro mientras la suerte de la batalla pendía en un delicado equilibrio.

Finalmente, después de un esfuerzo descomunal y con el sacrificio de varios miembros del equipo, la Luz del Amanecer logró infligir un golpe mortal a la nave enemiga, enviándola a una espiral mortal hacia las profundidades del espacio. Con un rugido ensordecedor, la nave alienígena se desintegró en una lluvia de escombros, marcando el fin de la batalla y la victoria de la humanidad sobre su enemigo.

En medio de los escombros y el caos, Kaelen y Alara se abrazaron con alivio y gratitud, celebrando la valentía y la determinación de su equipo en la hora más oscura. Aunque habían enfrentado desafíos inimaginables y peligros mortales, habían prevalecido contra todas las probabilidades y habían demostrado que el espíritu humano era indestructible en su búsqueda por explorar el vasto y desconocido universo.

Con la batalla ganada y la amenaza alienígena derrotada, la Luz del Amanecer continuó su viaje a través del espacio, lista para enfrentar nuevos desafíos y descubrir nuevos misterios en su interminable búsqueda del último horizonte estelar.

Después de la intensa batalla, la Luz del Amanecer necesitaba reparaciones y descanso. Kaelen y Alara dirigieron los esfuerzos de su equipo para restaurar la nave a su pleno funcionamiento mientras aprovechaban el tiempo para reflexionar sobre lo que habían enfrentado y las lecciones que habían aprendido.

◆ ◆ ◆

—Ha sido una experiencia increíblemente intensa —comentó Alara mientras supervisaba las reparaciones en el motor de la nave—. Pero también nos ha enseñado mucho sobre lo que somos capaces de lograr cuando trabajamos juntos y nos mantenemos firmes en nuestras convicciones.

◆ ◆ ◆

Kaelen asintió, de acuerdo con las palabras de Alara.

◆ ◆ ◆

—Sin duda, esta batalla ha demostrado la fuerza y la determinación de nuestro equipo —respondió—. Pero también nos ha recordado la importancia de mantenernos humildes y nunca subestimar a nuestros oponentes, incluso cuando enfrentamos desafíos aparentemente insuperables.

A medida que la Luz del Amanecer se recuperaba de la batalla, Kaelen y Alara se reunieron con su tripulación para celebrar su victoria y honrar a aquellos que habían dado sus vidas en la lucha contra el enemigo. Fue un momento de unidad y camaradería, un recordatorio de que juntos eran más fuertes y que, juntos, podían superar cualquier obstáculo que se interpusiera en su camino.

Con el espíritu renovado y el conocimiento adquirido en la batalla, la Luz del Amanecer se preparó para continuar su viaje a través del universo. Sabían que aún enfrentarían muchos desafíos y peligros en su búsqueda del último horizonte estelar, pero estaban listos para enfrentarlos con valentía y determinación, sabiendo que su misión era más importante que nunca.

Y así, con el cosmos extendiéndose ante ellos y el futuro lleno de posibilidades infinitas, Kaelen, Alara y el equipo de la Luz del Amanecer se lanzaron hacia lo desconocido, listos para escribir el próximo capítulo en la historia de la exploración espacial y descubrir los secretos que aguardaban más allá de las estrellas.

CAPÍTULO 3: EN LOS REINOS DE LA NEBULOSA CELESTIAL

La Luz del Amanecer se deslizaba en silencio a través del espacio, su casco brillando con la luz de las estrellas distantes mientras continuaba su travesía por el vasto universo. En la cabina de mando, el Capitán Kaelen y la Teniente Alara revisaban los datos recopilados durante su última misión, preparándose para el próximo destino en su búsqueda del último horizonte estelar.

◆ ◆ ◆

—Los escáneres indican que nos estamos acercando a la Nebulosa Celestial, capitán —informó Alara, sus ojos escudriñando los monitores—. Parece ser un lugar lleno de fenómenos interestelares fascinantes y posibles sitios de exploración.

Kaelen asintió, intrigado por la perspectiva de

adentrarse en los reinos de la nebulosa.

—Espero que podamos descubrir más sobre la naturaleza de esta región y los misterios que alberga —comentó —. Prepara los escáneres de largo alcance y comienza a recopilar datos sobre la Nebulosa Celestial.

Con las órdenes del capitán en mente, Alara ajustó los controles y comenzó a analizar la vasta extensión de la nebulosa. A medida que la nave se acercaba, comenzaron a detectar una variedad de fenómenos fascinantes: estrellas nacientes, supernovas en explosión, y vastas nubes de gas y polvo que formaban estructuras caprichosas en el espacio.

—Es increíble, capitán —exclamó Alara, maravillada por las vistas que se desplegaban ante ellos—. Nunca he visto nada igual en todos mis años de exploración.

Kaelen sonrió, compartiendo el asombro de su teniente.—La Nebulosa Celestial es verdaderamente una maravilla del cosmos —dijo—. Pero también debemos recordar que es un lugar lleno de peligros y desafíos. Debemos mantenernos alerta en todo momento y proceder con cautela en nuestra exploración.

Con esa advertencia en mente, el equipo de la Luz del Amanecer continuó adentrándose en los reinos de la nebulosa, preparados para enfrentar cualquier desafío que encontraran en su camino. A medida que avanzaban, comenzaron a detectar señales de actividad y presencia de vida en la región, lo que planteaba preguntas sobre quiénes eran los habitantes de la nebulosa y cuáles eran sus intenciones.

◆ ◆ ◆

—Capitán, hemos detectado una serie de transmisiones procedentes de una de las lunas de un planeta cercano —informó Alara, sus ojos fijos en los monitores de comunicaciones—. Parece ser una señal de socorro, pero no podemos determinar su origen con certeza.

◆ ◆ ◆

Kaelen reflexionó sobre la información, consciente de que debían investigar más a fondo para descubrir la verdad detrás de las transmisiones.

◆ ◆ ◆

—Prepara un equipo de exploración, Alara —ordenó—. Vamos a investigar la fuente de esas transmisiones y ver si podemos ofrecer ayuda a aquellos que la necesitan.

◆ ◆ ◆

Con determinación en sus corazones, Kaelen, Alara y un grupo de tripulantes se prepararon para descender a la luna del planeta y averiguar qué estaba sucediendo. Sabían que enfrentarían peligros desconocidos y desafíos inesperados, pero estaban dispuestos a arriesgarse en pos de ayudar a aquellos que estaban en apuros.

La nave aterrizó suavemente en la superficie de la luna, y el equipo salió, preparado para enfrentarse a lo desconocido. A medida que avanzaban por el terreno rocoso y accidentado, comenzaron a detectar signos de actividad y presencia de vida, lo que indicaba que no estaban solos en ese lugar remoto.

—Capitán, hemos encontrado una serie de estructuras en el horizonte —informó Alara, señalando hacia adelante —. Parece ser algún tipo de asentamiento o colonia. Kaelen asintió, preparado para lo que pudicran cncontrar.

—Avancemos con cautela, pero estemos listos para ofrecer ayuda si es necesario —dijo—. No sab ían qué peligros podrían enfrentar en este lugar desconocido.

Con esa precaución en mente, el equipo continuó avanzando hacia las estructuras que se alzaban en el horizonte. A medida que se acercaban, pudieron ver que se trataba dc una serie de edificaciones modestas, construidas con materiales simples pero resistentes. No había señales de actividad en ese momento, pero las transmisiones de socorro que habían detectado indicaban que había alguien que necesitaba ayuda en este lugar.

Al llegar a las estructuras, el equipo se dividió en grupos más pequeños para explorar y buscar señales de vida. Kaelen y Alara lideraban una de las unidades, avanzando con cautela por las calles vacías del asentamiento mientras observaban atentamente su entorno.

◆ ◆ ◆

—Es extraño, ¿no crees, capitán? —comentó Alara, observando las edificaciones con curiosidad—. Parece que esta colonia fue abandonada hace algún tiempo. Kaelen asintió, compartiendo la observación de su teniente.

—Es posible —respondió—. Pero aún así, debemos permanecer vigilantes. No sabemos qué podría haber provocado el llamado de socorro que detectamos. Mientras exploraban más a fondo, comenzaron a encontrar signos de lucha y conflicto: edificaciones dañadas, escombros esparcidos por el suelo y marcas de disparos en las paredes. Estaba claro que algo grave había ocurrido en este lugar, y que sus habitantes habían enfrentado peligros inimaginables.

—Parece que esta colonia fue atacada —murmuró Alara, examinando una de las estructuras dañadas con tristeza—. Pero ¿por quién o qué? Kaelen frunció el ceño, reflexionando sobre las posibilidades. —Es difícil de decir —respondió

—. Pero debemos seguir buscando. Quienquiera que haya hecho esto podría seguir acechando en las sombras.

Con cautela renovada, el equipo continuó su exploración, buscando pistas sobre lo que había sucedido en este lugar y dónde podrían estar los supervivientes, si es que había alguno. A medida que avanzaban, comenzaron a detectar señales de vida en las cercanías, indicando que no estaban solos en la luna.

—¡Capitán, encontramos a los supervivientes! —exclamó uno de los miembros del equipo, señalando hacia un grupo de personas que se acercaban a ellos—. Parece que han estado escondidos aquí desde el ataque.

Kaelen y Alara se acercaron al grupo, listos para ofrecer su ayuda y escuchar su historia. Los supervivientes estaban exhaustos y traumatizados, pero agradecidos por haber sido encontrados por la tripulación de la Luz del Amanecer.

—¿Qué les sucedió aquí? —preguntó Kaelen, su voz llena de preocupación mientras escuchaba el relato de los supervivientes.

Los sobrevivientes explicaron que habían sido atacados por una fuerza desconocida que había llegado de las profundidades del espacio, devastando su colonia y dejando a muchos de sus compañeros muertos o heridos. Habían logrado esconderse y mantenerse a salvo, pero sabían que no podrían sobrevivir por mucho más tiempo sin ayuda.

Determinado a ayudar a los supervivientes y descubrir la verdad detrás del ataque, Kaelen ordenó que se preparara la nave para evacuar a los supervivientes y llevarlos a un lugar seguro. Sabía que debían investigar más a fondo para descubrir quiénes eran los responsables del ataque y por qué habían atacado a esta pacífica colonia en los reinos de la Nebulosa Celestial.

iendo qué nos espera aquí, así que debemos proceder con prudencia.

El equipo avanzó con cautela hacia las estructuras que se vislumbraban en el horizonte. A medida que se acercaban, pudieron distinguir más detalles: edificaciones de aspecto rudimentario, hechas de materiales locales y dispuestas de manera ordenada alrededor de un centro comunitario.

Al acercarse, fueron recibidos por un grupo de habitantes locales, humanoides de aspecto amistoso pero cauteloso. Se presentaron como los "Nebulenses", los habitantes nativos de la luna, y explicaron que habían enviado las transmisiones de socorro en un intento de obtener ayuda para enfrentar una serie de desastres naturales que habían afectado su comunidad.

Kaelen y Alara escucharon atentamente las explicaciones de los Nebulenses y ofrecieron la ayuda de la Luz del Amanecer en lo que pudieran. Pronto descubrieron que la luna estaba experimentando una serie de terremotos y erupciones volcánicas, causando daños significativos a las estructuras y poniendo en peligro la vida de los habitantes.

◆ ◆ ◆

Decididos a ayudar en cualquier forma posible, Kaelen, Alara y el equipo se unieron a los Nebulenses en sus esfuerzos para mitigar los efectos de los desastres naturales. Utilizando los recursos de la nave, pudieron proporcionar suministros de emergencia, equipos de rescate y asistencia médica para aquellos que lo necesitaban.

Mientras trabajaban codo a codo con los Nebulenses, Kaelen y Alara también aprovecharon la oportunidad para aprender más sobre su cultura y forma de vida. Descubrieron que los Nebulenses eran una sociedad pacífica y cooperativa, dedicada a preservar su entorno natural y vivir en armonía con el cosmos.

—Es increíble cómo a pesar de los desafíos que enfrentan, los Nebulenses han mantenido su espíritu de comunidad y resistencia —comentó Alara, impresionada por lo que había visto.

◆ ◆ ◆

Kaelen asintió, observando con admiración cómo los Nebulenses trabajaban juntos para reconstruir y fortalecer su comunidad.

—Es un recordatorio de la fuerza del espíritu humano y nuestra capacidad para superar cualquier adversidad cuando nos unimos en solidaridad —respondió—. Creo que podemos aprender mucho de ellos.

◆ ◆ ◆

Con el tiempo, los esfuerzos combinados de la Luz del Amanecer y los Nebulenses lograron estabilizar la situación en la luna y mitigar los efectos de los desastres naturales. Las estructuras dañadas fueron reparadas, los heridos fueron atendidos y la comunidad pudo comenzar a reconstruirse y avanzar hacia un futuro más próspero.

Antes de partir, Kaelen y Alara se despidieron de los Nebulenses con gratitud y respeto, prometiendo regresar algún día para continuar su amistad y cooperación. A medida que la Luz del Amanecer se elevaba hacia el cielo estrellado, ambos reflexionaron sobre las lecciones que habían aprendido y las experiencias que habían compartido en los reinos de la Nebulosa Celestial.

—Nunca olvidaré lo que hemos vivido aquí —dijo Alara, con emoción en su voz—. Ha sido un honor poder ayudar a los Nebulenses y ser testigos de su resiliencia y fortaleza. Kaelen asintió, sintiendo un profundo sentido de satisfacción por haber podido hacer una diferencia en la vida de los habitantes de la luna.

◆ ◆ ◆

—Estoy seguro de que nuestra amistad con los Nebulenses perdurará mucho tiempo después de que nos hayamos ido — respondió—. Y quién sabe qué otros secretos y maravillas nos esperan en nuestro viaje hacia el último horizonte estelar.

Con la lección aprendida y los lazos fortalecidos con los habitantes de la Nebulosa Celestial, la Luz del Amanecer se preparó para continuar su viaje hacia nuevos destinos en el vasto universo. Kaelen y Alara, junto con el equipo, se sentían revitalizados por la experiencia y listos para enfrentar los desafíos que aún les esperaban.

A medida que la nave se alejaba de la luna y se adentraba más profundamente en la nebulosa, el equipo se dedicó a explorar los fenómenos interestelares que encontraban en su camino. Se encontraron con nubes de gas brillante que desafiaban la gravedad con su belleza, sistemas estelares binarios que danzaban en una coreografía cósmica y asteroides que parecían esculpidos por el capricho de los dioses.

—Es como un sueño hecho realidad —murmuró Alara, con los ojos fijos en la ventana de observación—. Nunca pensé que vería algo así en toda mi vida. Kaelen sonrió, compartiendo el sentimiento de asombro de su compañera.

◆ ◆ ◆

—El universo está lleno de maravillas que desafían la imaginación —respondió—. Y parece que apenas estamos comenzando a arañar la superficie de todo lo que hay por descubrir.

A medida que la nave continuaba su viaje, también se encontraron con nuevos desafíos y peligros en la nebulosa. Se vieron envueltos en tormentas de partículas cargadas que amenazaban con dañar los sistemas de la nave, y se toparon con campos gravitacionales que distorsionaban el espacio-tiempo a su alrededor.

—Esto es mucho más complicado de lo que habíamos anticipado —comentó Alara, mientras ajustaba los controles para mantener la nave en curso—. Pero no nos detendrá. Seguiremos adelante, pase lo que pase. Kaelen asintió, admirando la determinación de su compañera.

—Eso es lo que nos diferencia como exploradores,

Alara —dijo—. No dejamos que los desafíos nos detengan en nuestro camino hacia el descubrimiento y la comprensión del universo que nos rodea.

◆ ◆ ◆

Con esa mentalidad en mente, el equipo de la Luz del Amanecer continuó su travesía por la Nebulosa Celestial, enfrentando cada desafío con valentía y determinación. A medida que exploraban nuevos mundos y descubrían nuevos misterios, se dieron cuenta de que estaban escribiendo su propia historia en las estrellas, dejando una marca indeleble en el cosmos con cada paso que daban.

◆ ◆ ◆

Y así, con el futuro extendiéndose ante ellos y el universo lleno de posibilidades infinitas, Kaelen, Alara y el equipo de la Luz del Amanecer continuaron su viaje hacia el último horizonte estelar, listos para enfrentar lo que sea que el destino les depare en su búsqueda de conocimiento y aventura.

Con cada paso que daban en su travesía por la Nebulosa Celestial, Kaelen, Alara y el equipo de la Luz del Amanecer se encontraban con nuevas maravillas y desafíos en su camino. Exploraron mundos exóticos y descubrieron fenómenos cósmicos que desafiaban toda lógica y comprensión. Sin embargo, también se enfrentaron a peligros inesperados que pusieron a prueba su valentía y habilidades.

En una ocasión, la nave fue atrapada en un campo de asteroides en movimiento rápido, cuyas rocas gigantes amenazaban con destrozar su casco en pedazos. Kaelen y Alara coordinaron con precisión los esfuerzos del equipo para maniobrar la nave a través del campo de escombros, esquivando hábilmente los proyectiles espaciales que se precipitaban hacia ellos desde todas direcciones.

En otra ocasión, se encontraron con una enigmática civilización alienígena que habitaba en el corazón de la nebulosa. Estos seres, conocidos como los "Guardianes de la Niebla", poseían tecnología avanzada y poderes psíquicos que desafiaban la comprensión humana. Aunque inicialmente hostiles, Kaelen y Alara lograron establecer una comunicación pacífica con ellos, aprendiendo sobre su cultura y tradiciones mientras intercambiaban conocimientos y recursos.

A medida que avanzaban por la Nebulosa Celestial, también se encontraron con señales de una antigua presencia que había dejado su marca en los confines del espacio. Descubrieron ruinas de civilizaciones antiguas y artefactos olvidados que hablaban de un tiempo en el que la nebulosa estaba habitada por seres poderosos y sabios que habían dominado los secretos del universo.

—Es como si estuviéramos caminando entre los restos de los dioses —comentó Alara, maravillada por las ruinas que se extendían ante ellos—. Me pregunto qué habrá sucedido con ellos y por qué se han ido.

◆ ◆ ◆

Kaelen reflexionó sobre la pregunta, consciente de que la respuesta podría revelar secretos importantes sobre el pasado y el futuro de la nebulosa.

—No lo sabemos con certeza, Alara —respondió—. Pero creo que cuanto más exploramos esta región, más cerca estamos de descubrir la verdad detrás de estos misterios.

◆ ◆ ◆

Con cada descubrimiento y cada desafío superado, Kaelen, Alara y el equipo de la Luz del Amanecer se acercaban un poco más al último horizonte estelar. Sabían que el viaje sería largo y lleno de peligros, pero estaban decididos a continuar adelante, ansiosos por desvelar los secretos ocultos en los confines del universo y escribir su propia historia en las estrellas.

A medida que la Luz del Amanecer se adentraba más en la Nebulosa Celestial, el equipo se encontraba con fenómenos aún más asombrosos y desconcertantes. Se toparon con corrientes de energía que parecían danzar en el espacio, creando espectáculos de luces y colores que desafiaban toda descripción.

Los escáneres de la nave registraban lecturas inusuales, indicando la presencia de formas de vida energéticas que flotaban en el éter nebular.

—Es como si estuviéramos nadando en un mar de luz y energía —murmuró Alara, asombrada por la magnificencia del espectáculo. Kaelen observaba con admiración las imágenes que se desplegaban en las pantallas de la nave, consciente de que estaban presenciando algo verdaderamente único en el cosmos.

—Nunca he visto nada igual en todos mis años de exploración —admitió—. Pero también debemos recordar que este es un lugar lleno de peligros y misterios que aún no comprendemos completamente.

Con esa advertencia en mente, el equipo continuó su exploración, manteniendo los escudos de la nave activados y los sistemas de alerta preparados para cualquier eventualidad. A medida que avanzaban, se encontraron con una serie de anomalías gravitacionales que distorsionaban el espacio a su alrededor, desafiando la física convencional y poniendo a prueba los límites de su comprensión.

—Esto es absolutamente fascinante —comentó Alara, mientras estudiaba los datos recopilados por los sensores de la nave—. Parece que estamos en el límite de lo que la ciencia actual puede explicar.

Kaelen asintió, impresionado por la complejidad y la belleza de los fenómenos que encontraban en su camino.

—Es como si estuviéramos tocando los límites del universo conocido —dijo—. Pero estoy seguro de que aún hay mucho más por descubrir y entender en este vasto y misterioso cosmos.

A medida que continuaban su travesía, el equipo también se encontró con una serie de encuentros inesperados con otras formas de vida en la nebulosa. Se encontraron con criaturas que parecían sacadas de leyendas antiguas, seres con formas y habilidades que desafiaban toda comprensión. Aunque algunos de estos encuentros fueron pacíficos e incluso amistosos, otros fueron más desafiantes, con criaturas que intentaban proteger su territorio o recursos con ferocidad y determinación.

—Es evidente que no estamos solos en esta nebulosa —comentó Alara, mientras observaban a una criatura alienígena a través de la ventana de la nave—. Pero parece que cada encuentro nos ofrece una nueva oportunidad de aprender y crecer como exploradores

Kaelen estuvo de acuerdo, reflexionando sobre las lecciones que habían aprendido en su viaje hasta ahora.—Cada encuentro nos acerca un poco más a comprender el verdadero alcance y la diversidad del universo —dijo—. Y aunque enfrentemos

desafíos y peligros en el camino, estoy seguro de que juntos podremos superar cualquier obstáculo que se interponga en nuestro camino hacia el último horizonte estelar.

Con esa determinación en mente, Kaelen, Alara y el equipo de la Luz del Amanecer continuaron su viaje a través de la Nebulosa Celestial, listos para enfrentar lo que sea que el cosmos les deparara en su búsqueda de conocimiento, aventura y descubrimiento.

CAPÍTULO 4: LOS SECRETOS DE LA ESTRELLA ETERNA

Después de haber atravesado los desafíos y maravillas de la Nebulosa Celestial, la tripulación de la Luz del Amanecer se encontraba ansiosa por explorar nuevos horizontes en su búsqueda del último secreto del universo. Se dirigían ahora hacia una región conocida como el Reino de la Estrella Eterna, un lugar envuelto en leyendas y misterios que prometía revelar secretos ancestrales y conocimientos olvidados.

◆ ◆ ◆

Mientras la nave se deslizaba a través del espacio, Kaelen y Alara revisaban los datos recopilados por los escáneres, preparándose para su inminente llegada al Reino de la Estrella Eterna.

—Los informes indican que estamos a punto de entrar en la región conocida como el Cinturón de Estrellas Eternas —informó Alara, su voz llena de anticipación—. Parece ser un lugar lleno de fenómenos astronómicos únicos y posibles pistas sobre el misterio que estamos persiguiendo.

Kaelen asintió, contemplando con expectación el espectáculo de estrellas que se extendía ante ellos. —Estoy seguro de que este será un lugar lleno de sorpresas y desafíos —dijo —. Pero también puede ser el próximo paso en nuestro viaje hacia la comprensión del universo y nuestro lugar en él.

Con esas palabras en mente, la tripulación de la Luz del Amanecer se preparó para su inminente llegada al Cinturón de Estrellas Eternas. A medida que se adentraban en la región, comenzaron a detectar una serie de fenómenos astronómicos únicos y desconcertantes, que desafiaban toda explicación convencional.

—¡Capitán, estamos recibiendo lecturas extrañas de las estrellas en esta región! —exclamó Alara, sorprendida por lo que veían los escáneres—. Parece que emiten una energía inexplicable y poderosa.

Kaelen estudió los datos con atención, tratando de descifrar el misterio que se desplegaba ante ellos. —Es posible que estas estrellas estén relacionadas con el secreto que estamos buscando —sugirió—. Debemos investigar más a fondo para descubrir lo que realmente está sucediendo aquí.

◆ ◆ ◆

Con esa determinación en mente, la tripulación de la Luz del Amanecer se embarcó en una serie de misiones de reconocimiento para estudiar las estrellas del Cinturón de Estrellas Eternas. Descubrieron que estas estrellas emitían una energía única y poderosa que parecía tener efectos profundos en el espacio circundante, distorsionando la realidad y desafiando las leyes conocidas de la física.

◆ ◆ ◆

—Es como si estas estrellas estuvieran tocando las fibras mismas del universo —comentó Alara, maravillada por lo que estaban presenciando—. Pero también plantea preguntas sobre cómo y por qué están emitiendo esta energía tan extraordinaria.

Kaelen reflexionó sobre la cuestión, consciente de que estaban ante uno de los mayores misterios que habían enfrentado hasta ahora en su viaje.

—Debemos encontrar respuestas a estas preguntas, Alara —dijo—. No solo para comprender el fenómeno que estamos presenciando, sino también para desentrañar el misterio más grande de todos: el último horizonte estelar.

Con ese objetivo en mente, la tripulación de la Luz del Amanecer intensificó sus esfuerzos para estudiar las estrellas del Cinturón de Estrellas Eternas. Utilizaron todos los recursos disponibles, desde escáneres avanzados hasta sondas espaciales, en un esfuerzo por descifrar el enigma que se ocultaba en las profundidades del espacio.

◆ ◆ ◆

A medida que avanzaban en sus investigaciones, también se encontraron con una serie de obstáculos y desafíos que amenazaban con detener su progreso. Se enfrentaron a tormentas de radiación que ponían en peligro la integridad de la nave, y se toparon con enjambres de asteroides que bloqueaban su camino hacia las estrellas.

◆ ◆ ◆

Sin embargo, la determinación de la tripulación no flaqueó, y continuaron adelante con valentía y determinación, decididos a descubrir la verdad detrás del misterio de las Estrellas Eternas.

Finalmente, después de semanas de investigación y análisis exhaustivos, la tripulación de la Luz del Amanecer hizo un descubrimiento que cambiaría para siempre su comprensión del universo. Descubrieron que las Estrellas Eternas eran en realidad los restos de una antigua civilización cósmica, una raza de seres avanzados que habían dominado el arte de controlar la energía estelar y habían utilizado ese poder para moldear el cosmos a su voluntad.

◆ ◆ ◆

—Es increíble pensar que estas estrellas son en realidad los restos de una civilización perdida en el tiempo —comentó Alara, asombrada por lo que habían descubierto—. Pero también plantea preguntas sobre qué les sucedió y por qué desaparecieron.

◆ ◆ ◆

Kaelen asintió, reflexionando sobre las implicaciones de su descubrimiento. —Es posible que nunca sepamos todas las respuestas, Alara —dijo—. Pero lo que sí sab emos es que estas estrellas contienen un poder y un conocimiento increíbles que podrían ayudarnos en nuestra búsqueda del último horizonte estelar.

◆ ◆ ◆

Con esa nueva comprensión en mente, la tripulación de la Luz del Amanecer se dedicó a estudiar las Estrellas Eternas con aún más intensidad. Descubrieron que estas estrellas no solo emitían energía, sino que también contenían información codificada en su luz, información que podría contener pistas sobre los secretos más profundos del universo.

—Creo que estamos a punto de descubrir algo verdaderamente extraordinario —dijo Kaelen, emocionado por las posibilidades que se les presentaban.

Alara asintió, compartiendo el entusiasmo de su capitán.
—Espero que lo que descubramos aquí nos acerque un paso más al último horizonte estelar —respondió—. Pero también debemos recordar que este poder puede ser peligroso si cae en las manos equivocadas.

Conscientes del peligro potencial, la tripulación de la Luz del Amanecer procedió con cautela en sus estudios de las Estrellas Eternas. Utilizaron sus hallazgos para mejorar los sistemas de la nave y expandir su comprensión del cosmos, pero también mantuvieron un ojo vigilante en caso de que surgiera alguna amenaza inesperada.

Sin embargo, a medida que continuaban su investigación, también se dieron cuenta de que no eran los únicos interesados en las Estrellas Eternas. Una facción rival, conocida como los Hijos de la Oscuridad, había estado siguiendo de cerca los movimientos de la Luz del Amanecer, esperando el momento adecuado para intervenir y tomar el control de las Estrellas Eternas para sus propios fines siniestros.

—Capitán, hemos detectado actividad sospechosa en los alrededores de las Estrellas Eternas —informó Alara, preocupada por lo que estaban presenciando—. Parece que los Hijos de la Oscuridad están preparando un ataque.

◆ ◆ ◆

Kaelen frunció el ceño, consciente de que esta era una situación peligrosa. —Prepara a la tripulación para la batalla, Alara —ordenó—. No permitiremos que los Hijos de la Oscuridad se apoderen de las Estrellas Eternas.

◆ ◆ ◆

Con determinación en sus corazones, Kaelen, Alara y el equipo de la Luz del Amanecer se prepararon para enfrentar a sus enemigos en una batalla épica por el control de las Estrellas Eternas. Sabían que el destino del universo estaba en juego, y estaban dispuestos a arriesgarlo todo para protegerlo de aquellos que buscarían utilizar su poder para sembrar el caos y la destrucción.

La batalla que siguió fue feroz y despiadada, con naves espaciales enfrentándose en un baile mortal de fuego y acero en el vacío del espacio. Los cañones de energía destellaban y los escudos se agrietaban mientras la Luz del Amanecer luchaba valientemente contra las fuerzas de la oscuridad que buscaban derribarla.

En medio del caos y la confusión, Kaelen y Alara dirigían los esfuerzos de su equipo, coordinando ataques y maniobras defensivas con precisión milimétrica. A pesar de estar en desventaja numérica, nunca perdieron la esperanza ni la determinación de proteger lo que más valoraban.

Finalmente, después de horas de combate, los Hijos de la Oscuridad fueron derrotados y se vieron obligados a retirarse. La Luz del Amanecer había triunfado una vez más, asegurando las Estrellas Eternas y protegiendo el universo de la amenaza de aquellos que buscarían utilizar su poder para fines nefastos.

Con la batalla terminada y la paz restaurada, Kaelen, Alara y el equipo de la Luz del Amanecer se tomaron un momento para reflexionar sobre lo que habían enfrentado y lo que habían logrado. Sabían que el camino hacia el último horizonte estelar aún estaba lleno de desafíos y peligros, pero estaban más determinados que nunca a seguir adelante, sabiendo que su misión era más importante que nunca.

Y así, con el universo extendiéndose ante ellos y el futuro lleno de posibilidades infinitas, Kaelen, Alara y el equipo de la Luz del Amanecer se prepararon para continuar su viaje hacia el último horizonte estelar, listos para enfrentar lo que sea que el destino les depare en su búsqueda de conocimiento, aventura y descubrimiento.

Los días que siguieron a la batalla fueron de intensa actividad para la tripulación de la Luz del Amanecer. Después de asegurar las Estrellas Eternas y repeler el ataque de los Hijos de la Oscuridad, necesitaban tiempo para reparar los daños sufridos por la nave y evaluar el estado de su equipo. Aunque habían salido victoriosos, la batalla había dejado su huella en la tripulación, tanto física como emocionalmente.

◆ ◆ ◆

Kaelen y Alara pasaban largas horas en la sala de reuniones, discutiendo los acontecimientos recientes y planificando los próximos pasos de su misión. Sabían que la amenaza de los Hijos de la Oscuridad no había sido completamente eliminada y que debían estar preparados para cualquier eventualidad en el futuro.

◆ ◆ ◆

—No podemos permitirnos bajar la guardia, Alara —dijo Kaelen, su expresión seria mientras estudiaba los informes de la situación—. Los Hijos de la Oscuridad son una amenaza persistente y debemos asegurarnos de que no vuelvan a atacar. Alara asintió, compartiendo la preocupación de su capitán.

—Estoy de acuerdo, capitán —respondió—. Pero también debemos continuar con nuestra misión de descubrir el último horizonte estelar. No podemos permitir que el miedo nos impida avanzar en nuestra búsqueda.

Kaelen asintió, consciente de la importancia de mantener el equilibrio entre la vigilancia y la determinación en su misión.

—Tienes razón, Alara —dijo—. Debemos seguir adelante con cautela, pero también con valentía y determinación. No podemos permitir que nada nos detenga en nuestro camino hacia la verdad y el conocimiento.

◆ ◆ ◆

Con esa determinación en mente, la tripulación de la Luz del Amanecer se embarcó en una serie de misiones de reconocimiento para explorar más a fondo las Estrellas Eternas y descubrir los secretos que aún guardaban. Utilizando los datos recopilados durante la batalla y los conocimientos adquiridos en sus investigaciones anteriores, esperaban desentrañar los misterios que rodeaban a estas estrellas ancestrales.

A medida que avanzaban en sus investigaciones, también se encontraron con una serie de desafíos y peligros que pusieron a prueba su determinación y habilidades. Se enfrentaron a tormentas de energía que amenazaban con desestabilizar sus sistemas y campos de radiación que ponían en peligro la integridad de la nave. Sin embargo, la tripulación se mantuvo firme, decidida a superar cualquier obstáculo que se interpusiera en su camino.

—Esto es mucho más complicado de lo que habíamos anticipado, capitán —comentó Alara, mientras analizaban los datos recopilados durante una de sus misiones —. Pero estoy seguro de que estamos en el camino correcto. Solo necesitamos perseverar un poco más.

Kaelen asintió, reconociendo el esfuerzo y la dedicación de su equipo. —Estoy orgulloso de todos ustedes —dijo—. Han demostrado una vez más su valentía y determinación en la búsqueda de la verdad y el conocimiento. Juntos, superaremos cualquier desafío que se interponga en nuestro camino.

Con esa determinación en mente, la tripulación de la Luz del Amanecer continuó su investigación de las Estrellas Eternas, sabiendo que estaban más cerca que nunca de desvelar los secretos que guardaban. A medida que avanzaban, también se preparaban para enfrentarse a los Hijos de la Oscuridad una vez más, conscientes de que la batalla final por el control de las Estrellas Eternas aún estaba por llegar.

Los días se convirtieron en semanas, y las semanas en meses, mientras la Luz del Amanecer continuaba su incansable búsqueda en el Reino de la Estrella Eterna. A medida que exploraban más a fondo, la tripulación descubría pistas cada vez más prometedoras sobre los secretos que estas estrellas ancestrales guardaban.

Durante una de sus misiones de reconocimiento, el equipo descubrió una serie de antiguos artefactos cerca de una de las Estrellas Eternas. Estos artefactos estaban cubiertos de inscripciones y símbolos que no se habían visto en ningún otro lugar de la galaxia, lo que indicaba que podrían contener información valiosa sobre la civilización que una vez había habitado esta región del espacio.

—Esto es asombroso, capitán —exclamó Alara, emocionada por el descubrimiento—. Estos artefactos podrían ser la clave para desentrañar los secretos de las Estrellas Eternas y encontrar el último horizonte estelar.

Kaelen estudió los artefactos con atención, consciente de la importancia de lo que estaban presenciando.

—Tenemos que llevar estos artefactos de vuelta a la nave para un análisis más detallado —dijo—. Quién sabe qué secretos podrían revelar.

Con los artefactos en su poder, la tripulación regresó a la Luz del Amanecer y comenzó a examinarlos con la esperanza de descifrar su significado. Utilizando los equipos de análisis más avanzados disponibles en la nave, comenzaron a traducir las inscripciones y descifrar los símbolos en busca de pistas sobre el pasado y el destino de las Estrellas Eternas.

Después de semanas de trabajo arduo, finalmente lograron hacer un descubrimiento sorprendente: los artefactos parecían contener los registros de una antigua civilización que había existido hace miles de años en el Reino de la Estrella Eterna. Estos registros hablaban de una raza de seres conocidos como los Guardianes de la Luz, que habían dominado el arte de manipular la energía estelar y habían utilizado ese poder para mantener el equilibrio en el universo.

◆ ◆ ◆

—Es increíble pensar que estas estrellas fueron una vez custodiadas por una civilización tan poderosa —comentó Alara, maravillada por lo que estaban descubriendo.

Kaelen asintió, contemplando la importancia de lo que habían aprendido. —Parece que los Guardianes de la Luz fueron los guardianes originales de las Estrellas Eternas —dijo—. Y parece que dejaron estos artefactos como un legado para las generaciones futuras, en caso de que alguna vez necesitaran recordar su verdadero propósito.

Con esta nueva comprensión en mente, la tripulación de la Luz del Amanecer se preparó para llevar a cabo una misión aún más audaz: encontrar al último Guardián de la Luz y descubrir el verdadero destino de las Estrellas Eternas. Sabían que esta sería su última oportunidad de desentrañar el misterio que había consumido sus pensamientos y energías durante tanto tiempo, y estaban decididos a no dejar piedra sin remover en su búsqueda de la verdad.

Armados con el conocimiento recién adquirido de los artefactos antiguos, la tripulación se embarcó en una búsqueda épica que los llevaría a los rincones más remotos del Reino de la Estrella Eterna. A medida que avanzaban, se enfrentaban a una serie de desafíos y peligros, pero nunca perdían de vista su objetivo final: encontrar al último Guardián de la Luz y desentrañar el misterio de las Estrellas Eternas.

Y así, con el destino del universo en juego y el último horizonte estelar a su alcance, Kaelen, Alara y el equipo de la Luz del Amanecer continuaron su búsqueda incansable en el Reino de la Estrella Eterna, listos para enfrentar cualquier desafío que se interpusiera en su camino hacia la verdad y el conocimiento.

Con cada día que pasaba, la determinación de la tripulación de la Luz del Amanecer solo se fortalecía. A pesar de los obstáculos y peligros que enfrentaban en su búsqueda del último Guardián de la Luz, nunca perdían la esperanza ni la voluntad de continuar adelante. Sabían que estaban en la cúspide de un descubrimiento que cambiaría para siempre su comprensión del universo y su lugar en él.

Después de semanas de búsqueda infructuosa, finalmente recibieron una pista que los llevaría al último Guardián de la Luz. Una antigua leyenda hablaba de un templo oculto en el corazón de una estrella moribunda, un lugar donde el último guardián esperaba para revelar los secretos de las Estrellas Eternas a aquellos que fueran dignos de su conocimiento.

—Creo que hemos encontrado nuestra próxima parada, capitán —dijo Alara, emocionada por la perspectiva de descubrir el templo oculto. Kaelen asintió, compartiendo el entusiasmo de su compañera. —Espero que esta sea la clave que estábamos buscando para desvelar el último horizonte estelar —respondió —. Preparen la nave. Nos dirigimos hacia la estrella moribunda.

◆ ◆ ◆

Con la determinación ardiendo en sus corazones, la tripulación de la Luz del Amanecer se preparó para enfrentarse a su mayor desafío hasta el momento. Se adentraron en el espacio profundo, navegando a través de la oscuridad en busca del templo oculto que los llevaría al último Guardián de la Luz.

A medida que se acercaban a la estrella moribunda, la tripulación se encontró con una serie de peligros y obstáculos que pusieron a prueba su habilidad y valentía. Se enfrentaron a tormentas de radiación que amenazaban con desestabilizar sus sistemas y campos gravitatorios que tiraban de la nave hacia su inevitable destrucción. Sin embargo, la tripulación se mantuvo firme, decidida a superar cualquier desafío que se interpusiera en su camino.

Finalmente, después de días de viaje arduo y peligroso, llegaron al templo oculto en el corazón de la estrella moribunda. La estructura estaba envuelta en una luz brillante y pulsante, como si estuviera viva con una energía antigua y poderosa. La tripulación descendió de la nave y avanzó hacia la entrada del templo, sintiendo la presencia del último Guardián de la Luz cerca.

Al entrar en el templo, fueron recibidos por una figura alta y majestuosa, envuelta en una túnica resplandeciente. Era el último Guardián de la Luz, el custodio de los secretos de las Estrellas Eternas y el guardián del último horizonte estelar.

—Bienvenidos, viajeros del cosmos —dijo el Guardián, su voz resonando en la vasta sala del templo—. Han llegado al lugar donde el destino del universo será revelado.

La tripulación escuchó con atención mientras el Guardián les contaba la historia de las Estrellas Eternas y su verdadero propósito en el cosmos. Descubrieron que las Estrellas Eternas no eran simplemente fuentes de energía cósmica, sino guardianes de la luz y la sabiduría que habían sido creados para mantener el equilibrio en el universo y protegerlo de las fuerzas de la oscuridad.

—Y ahora, han llegado al momento decisivo —continuó el Guardián—. El último horizonte estelar espera ser descubierto por aquellos que tienen el coraje y la sabiduría para buscarlo.

Con estas palabras, el Guardián les mostró una visión de

un lugar más allá de las estrellas, un lugar de maravillas y misterios que aguardaba a aquellos que estaban dispuestos a explorarlo. La tripulación de la Luz del Amanecer contempló la visión con asombro y reverencia, sabiendo que estaban presenciando el cumplimiento de su destino como exploradores del cosmos. —Gracias, Guardián, por guiarnos en nuestro viaje —dijo Kaelen, expresando la gratitud de su equipo—. Ahora estamos listos para enfrentar el último horizonte estelar y descubrir los secretos que guarda.

◆ ◆ ◆

Con esa determinación en sus corazones, la tripulación de la Luz del Amanecer se despidió del Guardián y se preparó para continuar su viaje hacia el último horizonte estelar. Sabían que el camino sería largo y peligroso, pero estaban listos para enfrentar cualquier desafío que se interpusiera en su camino hacia la verdad y el conocimiento. Y así, con el universo extendiéndose ante ellos y el futuro lleno de posibilidades infinitas, Kaelen, Alara y el equipo de la Luz del A manecer se embarcaron en la última etapa de su búsqueda. Con cada paso que daban, se acercaban más al último horizonte estelar, listos para enfrentar los desafíos finales que les aguardaban.

Navegando a través del espacio desconocido, la tripulación se encontró con fenómenos cósmicos que desafiaban toda comprensión. Se toparon con agujeros negros que devoraban la luz a su alrededor, y nebulosas que arrojaban sombras misteriosas sobre su camino. A pesar de los peligros que enfrentaban, la tripulación siguió adelante con determinación, sabiendo que estaban cerca de su objetivo final.

Finalmente, después de semanas de viaje, llegaron al borde del último horizonte estelar. Ante ellos se extendía un paisaje de belleza indescriptible, lleno de estrellas y galaxias que brillaban con una luz deslumbrante. Era un lugar de maravillas y misterios, un lugar donde el tiempo y el espacio se entrelazaban en una danza cósmica.

—Lo hemos logrado, Alara —dijo Kaelen, su voz llena de emoción mientras contemplaban el espectáculo ante ellos—. Estamos en el último horizonte estelar.

Alara asintió, con lágrimas de alegría en sus ojos. —Es increíble, capitán —respondió—. Nunca imaginé que llegaríamos tan lejos en nuestra búsqueda. Pero ahora que estamos aquí, ¿qué haremos? Kaelen sonrió, sabiendo que su viaje aún no había terminado. —Ahora, Alara, exploraremos este último horizonte estelar y descubriremos los secretos que guarda —dijo—. Quién sabe qué maravillas y descubrimientos nos esperan en este lugar de infinitas posibilidades.

Con esa determinación en mente, la tripulación de la Luz del Amanecer se preparó para adentrarse en el último horizonte estelar, listos para enfrentar lo que sea que el destino les depararа en su búsqueda final de conocimiento, aventura y descubrimiento. Y así, con el universo extendiéndose ante ellos y el futuro lleno de posibilidades infinitas, Kaelen, Alara y el equipo de la Luz del Amanecer se adentraron en lo desconocido, listos para escribir el último capítulo de su increíble odisea por el cosmos.

CAPÍTULO 5: EN EL UMBRAL DEL MISTERIO CÓSMICO

La Luz del Amanecer se deslizaba en silencio a través del último horizonte estelar, adentrándose en un reino de maravillas y misterios que desafiaban toda comprensión. Las estrellas parecían parpadear con una luz que no pertenecía a este mundo, y las galaxias giraban en espirales de colores brillantes que hipnotizaban a aquellos que las contemplaban.

◆ ◆ ◆

Kaelen, Alara y el equipo de la nave observaban con asombro mientras navegaban por este nuevo y desconocido territorio, maravillados por la belleza y la majestuosidad que les rodeaba. A medida que avanzaban, se encontraban con fenómenos cósmicos que desafiaban toda explicación, desde agujeros de gusano que conectaban puntos distantes en el espacio hasta nebulosas que parecían tener vida propia.

—Es como si estuviéramos navegando en el reino de los dioses —dijo Alara, su voz llena de asombro mientras observaba las maravillas que se desplegaban ante ellos—. Nunca imaginé que veríamos algo así en nuestra vida. Kaelen asintió, compartiendo el sentimiento de su compañera.

◆ ◆ ◆

—Es verdaderamente impresionante —respondió—. Pero también debemos recordar que estamos aquí por una razón. Debemos mantenernos enfocados en nuestra misión y estar preparados para lo que pueda venir.

Con esa determinación en mente, la tripulación de la Luz del Amanecer se dispuso a explorar el último horizonte estelar, decidida a desentrañar los secretos que este misterioso lugar guardaba. Utilizando todos los recursos a su disposición, desde escáneres avanzados hasta sondas espaciales, se embarcaron en una serie de misiones de reconocimiento para estudiar las estrellas y galaxias que poblaban este reino desconocido.

A medida que avanzaban en sus investigaciones, también se encontraban con una serie de desafíos y peligros que ponían a prueba su determinación y habilidades. Se enfrentaron a campos de radiación que amenazaban con dañar la integridad de la nave y a criaturas cósmicas que acechaban en las sombras, esperando su oportunidad para atacar.

Sin embargo, la tripulación no se dejó intimidar por los peligros que enfrentaban. Con valentía y determinación, continuaron adelante, sabiendo que estaban más cerca que nunca de descubrir la verdad que tanto ansiaban.

Durante una de sus misiones de reconocimiento, la tripulación descubrió un fenómeno extraordinario en las profundidades del último horizonte estelar. Una estrella masiva estaba emitiendo una energía inusualmente poderosa, creando un campo gravitatorio que distorsionaba el espacio a su alrededor. —Capitán, hemos encontrado algo increíble —informó Alara, emocionada por el descubrimiento—. Parece que esta estrella está creando un agujero de gusano que podría llevarnos a lugares nunca antes explorados.

Kaelen estudió los datos con atención, consciente de la importancia de lo que estaban presenciando. —Es un hallazgo asombroso, Alara —respondió—. Pero también debemos ser cautelosos. Los agujeros de gusano pueden ser extremadamente peligrosos si no se manejan con cuidado.

Con esa advertencia en mente, la tripulación de la Luz del Amanecer se preparó para explorar el agujero de gusano, listos para enfrentar lo que pudiera estar al otro lado. Con un suspiro de anticipación, activaron los motores de la nave y se adentraron en el túnel de luz que se extendía ante ellos, preparados para lo que fuera que encontraran al otro lado.

A medida que avanzaban a través del agujero de gusano, la tripulación se encontró inmersa en una realidad distorsionada, donde el tiempo y el espacio parecían perder todo significado. Colores brillantes y patrones extraños danzaban a su alrededor, creando una sensación de desorientación y asombro.

—¡Es como si estuviéramos en un sueño! —exclamó uno de los miembros de la tripulación, incapaz de contener su asombro ante la escena surrealista que se desplegaba ante ellos.Kaelen asintió, manteniendo la calma en medio del caos. —Mantengan la compostura, equipo —ordenó—. No sabemos qué nos espera al otro lado, así que debemos estar preparados para cualquier eventualidad.

Con esa determinación en mente, la tripulación de la Luz del Amanecer continuó avanzando a través del agujero de gusano, sin saber qué maravillas o peligros aguardaban al otro lado. Estaban listos para enfrentar lo que fuera que el destino les deparara, decididos a seguir adelante en su búsqueda del último horizonte estelar, sin importar los desafíos que enfrentaran en el camino. Y así, con el universo extendiéndose ante ellos y el futuro lleno de posibilidades infinitas, Kaelen, Alara y el equipo de la Luz del Amanecer se adentraron en lo desconocido, listos para enfrentar los misterios que les aguardaban en el umbral del misterio cósmico.

La travesía a través del agujero de gusano fue como un viaje a través de un sueño distorsionado. La nave se movía a través de corrientes de energía desconocida, cada vez más profundo en el reino de lo desconocido. Los colores y formas se retorcían y se fundían en un espectáculo de luz y sombra, desafiando toda lógica y comprensión.

◆ ◆ ◆

A medida que avanzaban, la tripulación comenzó a experimentar extrañas sensaciones. Algunos informaron de visiones fugaces de lugares y seres que parecían pertenecer a mundos distantes, mientras que otros sintieron una presencia inquietante acechando en las sombras. Sin embargo, a pesar de las perturbaciones, la tripulación se mantuvo unida, decidida a llegar al final de su viaje.

◆ ◆ ◆

Después de lo que pareció una eternidad, la nave emergió finalmente del agujero de gusano en un lugar completamente desconocido. Ante ellos se extendía un paisaje surrealista de formas y colores indescriptibles, como si estuvieran en el corazón mismo de un sueño cósmico. —¿Dónde estamos? —se preguntó uno de los miembros de la tripulación, mirando a su alrededor con asombro y confusión.

Kaelen estudió los instrumentos de navegación, tratando de determinar su ubicación. —No estoy seguro —respondió—. Parece que hemos emergido en un lugar completamente desconocido para nosotros. Tendremos que explorar para descubrir más.

Con esa determinación en mente, la tripulación de la Luz del Amanecer se preparó para explorar el extraño nuevo mundo en el que se encontraban. Descendieron en la superficie, sintiendo el suelo bajo sus pies por primera vez en lo que parecía una eternidad.

◆ ◆ ◆

A medida que exploraban, descubrieron que este mundo estaba lleno de maravillas y peligros más allá de su imaginación. Encontraron criaturas extrañas y exóticas que parecían haber evolucionado en formas y tamaños imposibles, así como paisajes que desafiaban toda descripción, desde montañas que parecían estar hechas de cristal hasta océanos que brillaban con una luz propia.

◆ ◆ ◆

—Es como si estuviéramos en un mundo de fantasía —comentó Alara, maravillada por la belleza del lugar—. Nunca he visto nada igual.

Kaelen asintió, consciente de que estaban presenciando algo verdaderamente único. —Parece que este lugar está lleno de secretos y maravillas que aún no hemos descubierto —dijo —. Debemos seguir adelante con cautela y estar preparados para cualquier cosa que pueda surgir en nuestro camino.

◆ ◆ ◆

A medida que avanzaban, la tripulación comenzó a descubrir pistas que sugerían que este mundo estaba de alguna manera conectado con las Estrellas Eternas y el último horizonte estelar. Encontraron antiguas ruinas y artefactos que parecían estar relacionados con la civilización que había creado las Estrellas Eternas, así como inscripciones y símbolos que sugerían la presencia de un poder antiguo y misterioso.

◆ ◆ ◆

—Creo que estamos cerca de descubrir la verdad sobre este lugar —dijo Kaelen, emocionado por las posibilidades que se les presentaban—. Debemos seguir adelante y ver a dónde nos llevan estas pistas.

◆ ◆ ◆

Con esa determinación en mente, la tripulación de la Luz del Amanecer se adentró más profundamente en el extraño nuevo mundo, listos para enfrentar los desafíos y peligros que les aguardaban. Sabían que estaban más cerca que nunca de descubrir la verdad sobre las Estrellas Eternas y el último horizonte estelar, y estaban decididos a seguir adelante, sin importar lo que el destino les deparara en su búsqueda de conocimiento y descubrimiento. Y así, con el universo extendiéndose ante ellos y el futuro lleno de posibilidades infinitas, Kaelen, Alara y el equipo de la Luz del Amanecer continuaron su viaje hacia lo desconocido, listos para enfrentar lo que fuera necesario en su búsqueda del último horizonte estelar.

A medida que la tripulación exploraba más a fondo el extraño nuevo mundo, comenzaron a encontrar evidencia de una civilización antigua que había habitado allí mucho antes de su llegada. Ruinas antiguas salpicaban el paisaje, cubiertas por la vegetación exuberante que había crecido en su ausencia durante milenios. Estas ruinas eran testigos silenciosos de una historia larga y olvidada, una historia que la tripulación estaba decidida a descubrir.

◆ ◆ ◆

—Esto es increíble —exclamó uno de los miembros de la tripulación, maravillado por las ruinas que se extendían ante ellos—. ¿Quién habrá construido todo esto?Kaelen estudió las ruinas con atención, tratando de encontrar pistas sobre la civilización que las había creado.

—No lo sé —respondió—. Pero parece que esta civilización estaba conectada de alguna manera con las Estrellas Eternas y el último horizonte estelar. Debemos seguir adelante y ver a dónde nos llevan estas ruinas.

Con esa determinación en mente, la tripulación continuó explorando las ruinas, descubriendo más y más sobre la civilización que una vez había habitado en este mundo. Encontraron inscripciones en antiguos dialectos que sugerían que esta civilización había sido una vez una fuerza poderosa en el universo, capaz de controlar la energía estelar de formas que todavía no comprendían completamente.

—Es asombroso pensar en lo que esta civilización pudo haber logrado —comentó Alara, contemplando las inscripciones con asombro—. ¿Qué pasó con ellos? ¿Por qué desaparecieron? Kaelen asintió, compartiendo la curiosidad de su compañera.

◆ ◆ ◆

—Esa es la pregunta que estamos aquí para responder —dijo—. Debemos seguir adelante y buscar más pistas sobre lo que sucedió aquí.

A medida que avanzaban, la tripulación comenzó a encontrar evidencia de que algo había salido mal en este mundo antiguo. Encontraron signos de conflictos y catástrofes que habían devastado la civilización, dejando solo ruinas y recuerdos de lo que una vez había sido.

◆ ◆ ◆

—Parece que esta civilización fue destruida por algún tipo de cataclismo —dijo uno de los miembros de la tripulación, señalando los signos de destrucción que se encontraban a su alrededor—. Pero ¿qué fue lo que causó todo esto? Kaelen estudió los restos con atención, tratando de encontrar respuestas a las preguntas que seguían sin respuesta.

—No lo sé —respondió—. Pero parece que hay más en esta historia de lo que parece. Debemos seguir adelante y descubrir la verdad. Con esa determinación en mente, la tripulación continuó explorando las ruinas, buscando respuestas a las preguntas que los habían llevado hasta allí. A medida que avanzaban, comenzaron a encontrar pistas que sugerían que la civilización antigua había estado experimentando con la energía estelar en formas que eran peligrosas y desconocidas.

◆ ◆ ◆

—Parece que estaban tratando de controlar la energía estelar de formas que nunca habíamos imaginado —dijo Alara, estudiando los registros antiguos con asombro—. Pero algo salió mal. Algo muy mal.

◆ ◆ ◆

Kaelen asintió, consciente de la gravedad de lo que estaban descubriendo.—Parece que esta civilización estaba jugando con fuego —dijo—. Y al final, se quemaron.

◆ ◆ ◆

Con esta comprensión en mente, la tripulación de la Luz del Amanecer continuó su exploración de las ruinas, sabiendo que estaban cada vez más cerca de descubrir la verdad sobre lo que había sucedido en este mundo antiguo. A medida que avanzaban, también se preparaban para enfrentar las consecuencias de los errores del pasado, conscientes de que sus propias vidas podrían depender de su habilidad para enfrentar los desafíos que les esperaban. Y así, con el universo extendiéndose ante ellos y el futuro lleno de posibilidades infinitas, Kaelen, Alara y el equipo de la Luz del Amanecer continuaron su viaje hacia lo desconocido, listos para enfrentar lo que sea necesario en su búsqueda del último horizonte estelar.

A medida que la tripulación profundizaba en las ruinas y desenterraba los secretos ocultos de la civilización antigua, también se encontraban con una serie de desafíos y peligros que ponían a prueba su valentía y determinación. Se toparon con trampas mortales y guardianes automatizados que protegían los antiguos tesoros de este mundo olvidado, desafiando a la tripulación en cada paso del camino.

—Esto no será fácil —admitió Kaelen mientras observaban una serie de puertas selladas que bloqueaban su camino—. Pero no podemos rendirnos ahora. Tenemos que encontrar una manera de abrir estas puertas y llegar al corazón de las ruinas.

Con ingenio y trabajo en equipo, la tripulación logró superar cada obstáculo que se interponía en su camino. Descifraron antiguos códigos y resolvieron intrincados enigmas que habían desconcertado a generaciones anteriores, abriendo así el camino hacia las partes más profundas y ocultas de las ruinas.

A medida que avanzaban, también descubrieron más sobre la naturaleza de la energía estelar que había sido el centro de la civilización antigua. Encontraron laboratorios secretos y cámaras de investigación donde los antiguos habitantes habían llevado a cabo experimentos prohibidos con la energía estelar, tratando de desbloquear sus secretos más oscuros.

◆ ◆ ◆

—Esto es peligroso —advirtió Alara mientras examinaban

los equipos de investigación antiguos—. Parece que estaban tratando de manipular la energía estelar de formas que nunca deberían haber intentado. Kaelen asintió, consciente de la amenaza que representaban los experimentos fallidos de la civilización antigua.

—Tenemos que tener cuidado —dijo—. No sabemos qué peligros pueden haber desatado aquí. Debemos seguir adelante con cautela y estar preparados para cualquier cosa que nos encontremos.

Con esa determinación en mente, la tripulación de la Luz del Amanecer continuó su exploración de las ruinas, sabiendo que estaban cada vez más cerca de descubrir la verdad sobre lo que había sucedido en este mundo antiguo. A medida que avanzaban, también se preparaban para enfrentar las consecuencias de los errores del pasado, conscientes de que sus propias vidas podrían depender de su habilidad para enfrentar los desafíos que les esperaban.

Finalmente, después de días de exploración y descubrimiento, la tripulación llegó al corazón de las ruinas, donde encontraron una cámara secreta oculta bajo capas de piedra y tierra. Dentro de la cámara, descubrieron un artefacto antiguo que parecía ser el núcleo de la energía estelar que había alimentado la civilización antigua.

—Esto es lo que hemos estado buscando —dijo Kaelen, admirando el artefacto con reverencia—. Esto podría ser la clave para desentrañar los secretos de las Estrellas Eternas y el último horizonte estelar.

◆ ◆ ◆

Sin embargo, antes de que pudieran investigar más a fondo, la tripulación fue sorprendida por una serie de temblores que sacudieron las ruinas, haciendo temblar el suelo bajo sus pies.

—¡Tenemos que salir de aquí! —exclamó Alara, su voz llena de urgencia mientras corrían hacia la salida de la cámara.

Con el artefacto en su poder, la tripulación de la Luz del Amanecer se apresuró a escapar de las ruinas antes de que fuera demasiado tarde. A medida que corrían por los pasillos oscuros y tortuosos, podían sentir el peligro acechando a su alrededor, esperando su oportunidad para atacar.

Finalmente, con un esfuerzo conjunto, lograron salir de las ruinas justo a tiempo para ver cómo colapsaban detrás de ellos, sepultando para siempre los secretos que habían descubierto en su interior. Con el corazón aún latiendo de la emoción de su estrecha escape, la tripulación se reunió en el exterior, sabiendo que habían enfrentado el peligro y habían salido victoriosos una vez más.

—Lo logramos —dijo Kaelen, su voz llena de alivio mientras miraban las ruinas en ruinas detrás de ellos—. Pero todavía tenemos el artefacto. Todavía tenemos la clave para desentrañar los secretos de las Estrellas Eternas y el último horizonte estelar.

Con renovada determinación, la tripulación de la Luz del Amanecer se preparó para continuar su búsqueda, sabiendo que el destino del universo estaba en juego y que dependía de ellos desentrañar los secretos que habían descubierto en las ruinas. Y así, con el universo extendiéndose ante ellos y el futuro lleno de posibilidades infinitas, Kaelen, Alara y el equipo de la Luz del Amanecer continuaron su viaje hacia lo desconocido, listos para enfrentar lo que sea necesario en su búsqueda del último horizonte estelar

Con el artefacto en su posesión, la tripulación de la Luz del Amanecer se embarcó en la siguiente fase de su búsqueda. Utilizando la información que habían recopilado de las ruinas, trazaron un curso hacia un lugar en el espacio donde creían que podrían encontrar más respuestas sobre las Estrellas Eternas y el último horizonte estelar.

Navegando a través del espacio interestelar, la tripulación se encontró con una serie de desafíos y obstáculos en su camino. Se toparon con naves piratas y asteroides errantes

que amenazaban con destruirlos, pero con ingenio y valentía, lograron superar cada desafío que se interponía en su camino.

Finalmente, después de semanas de viaje, llegaron a su destino: un antiguo templo estelar ubicado en el corazón de una nebulosa distante. La nebulosa brillaba con una luz iridiscente, como si estuviera imbuida de la misma energía estelar que alimentaba las Estrellas Eternas.

—Este lugar es increíble —dijo Alara, admirando la belleza del templo estelar mientras la nave se acercaba—. Parece que estamos a punto de descubrir algo realmente importante aquí. Kaelen asintió, compartiendo el entusiasmo de su compañera.

—Estoy seguro de que encontraremos las respuestas que hemos estado buscando aquí —dijo—. Preparen la nave para el aterrizaje. Es hora de explorar este templo estelar y ver lo que podemos descubrir.

Con la nave asegurada, la tripulación descendió al templo estelar, maravillados por la grandeza y la belleza del lugar. Dentro del templo, encontraron cámaras antiguas llenas de reliquias y artefactos que parecían haber sido dejados atrás por una civilización antigua que había dominado la energía estelar.

—Esto es asombroso —dijo uno de los miembros de la tripulación, admirando una estatua tallada en cristal que representaba a una figura celestial—. Parece que estamos en el centro mismo de la antigua civilización estelar.

◆ ◆ ◆

Kaelen asintió, estudiando los artefactos con atención. —Tenemos que buscar pistas sobre el último horizonte estelar y las Estrellas Eternas —dijo —. Debemos estar cerca de descubrir la verdad.

Con esa determinación en mente, la tripulación de la Luz del Amanecer se adentró más profundamente en el templo estelar, buscando respuestas a las preguntas que habían estado persiguiendo desde el principio de su viajc. A medida que avanzaban, encontraron inscripciones antiguas y murales que contaban la historia de la civilización estelar, desde sus humildes comienzos hasta su eventual desaparición en el abismo del tiempo.

—Parece que esta civilización estaba obsesionada con las Estrellas Eternas y el último horizonte estelar —comentó Alara mientras estudiaban los murales con atención—. Pero ¿qué fue lo que finalmente los llevó a su desaparición? Kaelen frunció el ceño, reflexionando sobre las posibles respuestas. —No lo sé —respondió—. Pero parece que la clave de todo esto está aquí, en este templo estelar. Tenemos que seguir buscando.

◆ ◆ ◆

Con esa determinación en mente, la tripulación continuó su exploración del templo estelar, buscando pistas y respuestas a las preguntas que habían estado persiguiendo desde el principio de su viaje. A medida que avanzaban, comenzaron a encontrar signos de que algo había salido mal en esta antigua civilización, algo que los había llevado a su eventual desaparición.

◆ ◆ ◆

—Parece que algo catastrófico sucedió aquí —dijo uno de los miembros de la tripulación, señalando los signos de destrucción que se encontraban en todas partes—. Pero ¿qué fue lo que causó todo esto? Kaelen estudió los signos de destrucción con atención, tratando de encontrar respuestas a las preguntas que seguían sin respuesta.

—No lo sé —respondió—. Pero creo que estamos cerca de descubrir la verdad. Tenemos que seguir buscando.

Con esa determinación en mente, la tripulación de la Luz del Amanecer continuó su exploración del templo estelar, decidida a desentrañar los misterios que habían llevado a la caída de esta antigua civilización y a descubrir la verdad sobre las Estrellas Eternas y el último horizonte estelar. Y así, con el universo extendiéndose ante ellos y el futuro lleno de posibilidades infinitas, Kaelen, Alara y el equipo de la Luz del Amanecer continuaron su viaje hacia lo desconocido, listos para enfrentar lo que sea necesario en su búsqueda del último horizonte estelar.

A medida que exploraban más profundamente el templo estelar, la tripulación comenzó a encontrar indicios de que la antigua civilización había estado experimentando con la energía estelar en formas peligrosas y prohibidas. Encontraron laboratorios secretos y cámaras de investigación donde los antiguos habitantes habían llevado a cabo experimentos arriesgados, tratando de controlar y manipular la energía estelar para sus propios fines.

—Estos experimentos son peligrosos —advirtió Alara mientras examinaban los equipos de investigación antiguos—. Parece que estaban jugando con fuerzas que no entendían completamente.

Kaelen asintió, consciente del riesgo que representaban los experimentos fallidos de la antigua civilización.

—Esto podría explicar lo que sucedió aquí —dijo—. Parece que su búsqueda de poder los llevó a su propia destrucción.

Con esa comprensión en mente, la tripulación de la Luz del

Amanecer continuó explorando el templo estelar, sabiendo que estaban cada vez más cerca de descubrir la verdad sobre lo que había sucedido en este mundo antiguo. A medida que avanzaban, también se preparaban para enfrentar las consecuencias de los errores del pasado, conscientes de que sus propias vidas podrían depender de su habilidad para enfrentar los desafíos que les esperaban.

◆ ◆ ◆

Finalmente, en lo más profundo del templo estelar, la tripulación encontró lo que parecía ser el centro mismo de la energía estelar que había alimentado la antigua civilización. Una cámara de energía, resplandeciente con una luz deslumbrante, se extendía ante ellos, emanando un poder que los dejó sin aliento.

—Esto es lo que hemos estado buscando —dijo Kaelen, su voz llena de emoción mientras contemplaban la cámara de energía—. Esto podría ser la clave para desentrañar los secretos de las Estrellas Eternas y el último horizonte estelar.

Sin embargo, antes de que pudieran investigar más a fondo, la tripulación fue sorprendida por una serie de temblores que sacudieron el templo, haciendo temblar el suelo bajo sus pies.

—¡Tenemos que salir de aquí! —exclamó Alara, su voz llena de urgencia mientras corrían hacia la salida del templo.

Con el artefacto en su poder, la tripulación de la Luz del Amanecer se apresuró a escapar del templo antes de que fuera demasiado tarde. A medida que corrían por los pasillos oscuros y tortuosos, podían sentir el peligro acechando a su alrededor, esperando su oportunidad para atacar.

Finalmente, con un esfuerzo conjunto, lograron salir del templo justo a tiempo para ver cómo se derrumbaba detrás de ellos, sepultando para siempre los secretos que habían descubierto en su interior. Con el corazón aún latiendo de la emoción de su estrecha escape, la tripulación se reunió en el exterior, sabiendo que habían enfrentado el peligro y habían salido victoriosos una vez más.

—Lo logramos —dijo Kaelen, su voz llena de alivio mientras miraban el templo en ruinas detrás de ellos —. Pero todavía tenemos el artefacto. Todavía tenemos la clave para desentrañar los secretos de las Estrellas

Eternas y el último horizonte estelar. Con renovada determinación, la tripulación de la Luz del Amanecer se preparó para continuar su búsqueda, sabiendo que el destino del universo estaba en juego y que dependía de ellos desentrañar los secretos que habían descubierto en el templo. Y así, con el universo extendiéndose ante ellos y el futuro lleno de posibilidades infinitas, Kaelen, Alara y el equipo de la Luz del Amanecer continuaron su viaje hacia lo desconocido, listos para enfrentar lo que sea necesario en su búsqueda del último horizonte estelar.

CAPÍTULO 6: EL DESPERTAR DEL GUARDIAN

La Luz del Amanecer navegaba a través del espacio interestelar, su camino iluminado por las estrellas que se extendían infinitamente a su alrededor. Dentro de la nave, la tripulación se preparaba para la próxima fase de su búsqueda del último horizonte estelar, sabiendo que cada paso que daban los acercaba más a la verdad que habían estado buscando desde el principio de su viaje. Kaelen observaba los datos en la pantalla de navegación, trazando el curso hacia su próximo destino.

◆ ◆ ◆

—Estamos cerca de llegar a la siguiente ubicación que hemos identificado —dijo—. Espero que nos acerque un paso más a desentrañar los misterios de las Estrellas Eternas. Alara asintió, su expresión determinada. —Estoy segura de que lo haremos —dijo—. Hemos superado tantos desafíos hasta ahora. No hay razón para pensar que este será diferente.

◆ ◆ ◆

Con esa determinación en mente, la tripulación continuó su viaje a través del espacio, navegando hacia el próximo destino en su búsqueda del último horizonte estelar. Sin embargo, a medida que se acercaban, comenzaron a sentir una presencia inquietante que se cernía sobre ellos, como si estuvieran siendo observados por algo más grande y más antiguo que ellos mismos.

—¿Sienten eso? —preguntó uno de los miembros de la tripulación, su voz llena de nerviosismo—. Parece como si algo estuviera acechando en las sombras. Kaelen frunció el ceño, sintiendo la misma sensación de inquietud que recorría su columna vertebral.

—No estoy seguro de qué es —dijo—. Pero debemos estar alerta. No sabemos qué podemos encontrar en este lugar. A medida que la nave se acercaba a su destino, la sensación de presión y tensión solo aumentaba. La tripulación estaba en guardia, preparada para cualquier cosa que pudiera surgir en su camino.

Finalmente, la nave llegó a su destino: un remoto sistema estelar en los confines del universo conocido. En el centro del sistema se encontraba un planeta oscuro y misterioso, rodeado por una densa neblina que lo ocultaba de la vista.

—Este es el lugar —dijo Kaelen, observando el planeta en la pantalla de navegación—. Parece que estamos a punto de descubrir algo importante aquí.

◆ ◆ ◆

Con esa determinación en mente, la tripulación descendió hacia el planeta, listos para explorar lo que les esperaba en su superficie. A medida que se acercaban, comenzaron a detectar señales de vida en la superficie, una indicación de que este mundo no estaba tan desierto como parecía.

◆ ◆ ◆

—Parece que hay actividad en la superficie —dijo Alara, observando los datos en la pantalla de exploración—. Debemos estar preparados para cualquier cosa que nos encontremos.

◆ ◆ ◆

Con esa advertencia en mente, la tripulación se preparó para el aterrizaje, sin saber qué les esperaba en la superficie de este mundo desconocido. Cuando la nave finalmente tocó tierra, salieron con cautela, armados y listos para enfrentar lo que sea que pudiera surgir en su camino.

◆ ◆ ◆

A medida que exploraban el planeta, descubrieron que estaba lleno de vida en formas y tamaños que nunca habían imaginado. Criaturas extrañas y exóticas se movían entre los árboles y arbustos, observándolos con ojos curiosos mientras pasaban. Sin embargo, también sentían una presencia más ominosa acechando en las sombras, como si algo estuviera esperando su momento para atacar.

—Esto es desconcertante —dijo uno de los miembros de la tripulación, mirando a su alrededor con nerviosismo —. No sé si deberíamos estar aquí. Kaelen frunció el ceño, compartiendo la preocupación de su compañero. —No podemos retroceder ahora —dijo—. Tenemos que seguir adelante y descubrir lo que está sucediendo en este lugar.

Con esa determinación en mente, la tripulación continuó su exploración del planeta, siguiendo las señales que habían detectado desde el espacio. A medida que avanzaban, comenzaron a encontrarse con estructuras antiguas y en ruinas que sugerían que este mundo había sido habitado en el pasado, aunque no podían determinar quiénes habían sido sus antiguos habitantes.

—Esto es intrigante —dijo Alara, examinando las ruinas con atención—. Parece que este lugar tiene una historia que contar. Kaelen asintió, estudiando las ruinas con interés.

—Tenemos que encontrar más pistas sobre quiénes vivieron aquí y qué les sucedió —dijo—. Solo entonces podremos entender lo que está sucediendo en este mundo.

Con esa determinación en mente, la tripulación continuó su búsqueda de respuestas, explorando las ruinas y buscando pistas sobre la historia oculta de este mundo. A medida que avanzaban, también comenzaron a sentir una presencia más ominosa que antes, como si algo estuviera observándolos desde la oscuridad, esperando su oportunidad para atacar.

◆ ◆ ◆

—Esto es inquietante —dijo uno de los miembros de la tripulación, su voz temblorosa—. Siento como si estuviéramos siendo seguidos. Kaelen asintió, consciente de la creciente sensación de peligro que los rodeaba. —Debemos estar alerta — advirtió—. No sabemos qué podemos encontrar en este lugar.

Con esa advertencia en mente, la tripulación continuó su exploración del planeta, decididos a descubrir la verdad sobre lo que estaba sucediendo allí. Sin embargo, lo que encontraron fue más allá de sus peores temores.

Continuará...

A medida que la tripulación avanzaba entre las ruinas del planeta oscuro, comenzaron a notar signos de una presencia más tangible y amenazante. Sombras se movían entre los árboles y los escombros de las antiguas estructuras, siguiendo los pasos de la tripulación con una determinación siniestra.

—Siento que nos están acechando —murmuró Alara, su voz apenas audible sobre el crujido de las hojas secas bajo sus pies. Kaelen asintió, su mano instintivamente alcanzando el arma a su lado. —Estemos preparados para cualquier cosa — advirtió—. No sabemos qué nos espera en estas sombras.

A medida que avanzaban, las sombras parecían cerrarse a su alrededor, presionándolos hacia adelante con una fuerza invisible pero palpable. La tensión en el aire era casi tangible, y la tripulación sabía que estaban llegando a un punto crítico en su búsqueda.

Finalmente, llegaron a una gran plaza en el centro de las ruinas, donde una figura oscura se erguía en lo alto de un pedestal antiguo. La figura parecía ser una especie de estatua o ídolo, pero había algo en su presencia que hacía que los pelos de la nuca se les erizaran.

—¿Qué es eso? —preguntó uno de los miembros de la tripulación, señalando hacia la figura oscura. Kaelen frunció el ceño, estudiando la figura con atención. —No lo sé —dijo—. Pero algo me dice que no es algo con lo que queramos meternos.

Sin embargo, antes de que pudieran retroceder, la figura

oscura cobró vida con un estallido de energía, sus ojos brillando con una luz roja ominosa mientras se dirigía hacia la tripulación con pasos lentos pero seguros.

◆ ◆ ◆

—¡Es un guardián! —exclamó Alara, retrocediendo instintivamente—. ¡Tenemos que defendernos! La tripulación se puso en posición de combate, preparados para enfrentar al guardián con todas sus fuerzas. Pero a medida que el guardián se acercaba, comenzaron a darse cuenta de que estaban luchando contra algo más que una simple estatua animada.

El guardián emanaba una presencia oscura y maligna que los envolvía como una niebla espesa, llenando sus mentes de dudas y temores. Sus movimientos eran ágiles y coordinados, como si estuviera siendo controlado por una inteligencia más allá de su comprensión. —¡Es imposible derrotarlo! —gritó uno de los miembros de la tripulación, retrocediendo ante el avance del guardián.

Kaelen apretó los dientes, su mente trabajando a toda velocidad mientras buscaba una forma de vencer al guardián. Sabía que no podían permitirse retroceder ahora, no cuando estaban tan cerca de descubrir la verdad sobre las Estrellas Eternas y el último horizonte estelar.

—¡Tenemos que encontrar su punto débil! —gritó—. ¡Busquen cualquier cosa que pueda ayudarnos a derrotarlo! Con esa orden en mente, la tripulación comenzó a buscar frenéticamente entre las ruinas, buscando cualquier cosa que pudiera ayudarlos en su lucha contra el guardián. A medida que buscaban, comenzaron a encontrar artefactos antiguos y reliquias olvidadas que parecían contener el poder necesario para derrotar al guardián.

◆ ◆ ◆

—¡Aquí! —exclamó Alara, levantando un artefacto antiguo que brillaba con una luz dorada—. ¡Creo que esto podría ser lo que estábamos buscando!

Kaelen asintió, su corazón lleno de esperanza mientras sostenía el artefacto en sus manos. —¡Vamos! —gritó—. ¡Es hora de enfrentarnos al guardián y poner fin a esto de una vez por todas! Con el artefacto en su poder, la tripulación se enfrentó al guardián con renovada determinación, sabiendo que esta sería su última oportunidad de derrotarlo y descubrir la verdad sobre el destino del universo. Con cada paso que daban, podían sentir el poder del artefacto creciendo dentro de ellos, fortaleciéndolos y preparándolos para la batalla que se avecinaba.

Finalmente, el guardián se detuvo frente a ellos, su mirada llena de odio y desafío mientras se preparaba para atacar. Pero antes de que pudiera moverse, la tripulación activó el artefacto, desatando una explosión de energía que envolvió al guardián en una luz brillante.

Con un grito de furia, el guardián se desvaneció en la nada, su forma oscura desapareciendo en el aire como si nunca hubiera existido. La plaza quedó en silencio, la tripulación mirándose unos a otros con asombro y alivio mientras procesaban lo que acababa de suceder.

◆ ◆ ◆

—Lo hicimos —dijo Alara, su voz llena de emoción—. ¡Derrotamos al guardián! Kaelen sonrió, su corazón lleno de gratitud hacia sus compañeros de equipo. —Sí lo hicimos —dijo—. Ahora, solo nos queda una cosa por hacer: descubrir la verdad sobre las Estrellas Eternas y el último horizonte estelar.

Con esa determinación en mente, la tripulación de la Luz del Amanecer continuó su búsqueda, sabiendo que el destino del universo estaba en juego y que dependía de ellos desentrañar los secretos que habían descubierto en su viaje. Y así, con el universo extendiéndose ante ellos y el futuro lleno de posibilidades infinitas, Kaelen, Alara y el equipo de la Luz del Amanecer continuaron su viaje hacia lo desconocido, listos para enfrentar lo que sea necesario en su búsqueda del último horizonte estelar.

Con el guardián derrotado y la plaza ahora en silencio, la tripulación se reunió para recuperar el aliento y evaluar su próxima acción. Sabían que estaban más cerca que nunca de desentrañar los misterios que habían perseguido desde el inicio de su viaje.

◆ ◆ ◆

—¿Qué hacemos ahora? —preguntó uno de los miembros de la tripulación, mirando a Kaelen en busca de orientación. Kaelen reflexionó por un momento, su mente zumbando con posibilidades y estrategias.

◆ ◆ ◆

—Tenemos que seguir adelante —respondió —. Debemos explorar más a fondo estas ruinas y encontrar cualquier pista que nos ayude a comprender la verdad sobre las Estrellas Eternas.

◆ ◆ ◆

Con esa determinación en mente, la tripulación se embarcó en una búsqueda exhaustiva de pistas y artefactos dentro de las ruinas. Exploraron cada rincón del antiguo lugar, buscando inscripciones, artefactos y registros que pudieran arrojar luz sobre la historia de este mundo olvidado.

A medida que avanzaban, encontraron más signos de la antigua civilización que había habitado el planeta. Descubrieron registros antiguos que hablaban de la grandeza y la caída de esta civilización, revelando historias de guerra, traición y desesperación que habían marcado el destino de este mundo.

—Es como si estuviéramos leyendo la crónica de una civilización perdida —comentó Alara mientras estudiaban los antiguos registros. Kaelen asintió, absorbiendo la información con atención. —Parece que esta civilización estaba obsesionada con las Estrellas Eternas y el poder que representaban —dijo—. Pero algo salió mal. Algo que los llevó a su propia destrucción.

A medida que profundizaban en los registros antiguos, la tripulación comenzó a entender más sobre lo que había sucedido en este mundo olvidado. Descubrieron que la civilización había estado experimentando con la energía estelar de formas peligrosas y prohibidas, tratando de controlarla y manipularla para sus propios fines.

—Estos experimentos fueron su perdición —dijo Kaelen, sacudiendo la cabeza con tristeza—. Creo que este mundo fue destruido por sus propias ambiciones. Alara asintió, su rostro lleno de determinación. —Entonces debemos aprender de sus errores —dijo—. No podemos permitir que la misma tragedia se repita en nuestro tiempo.

Con esa determinación en mente, la tripulación continuó su exploración de las ruinas, decididos a encontrar cualquier pista que los acercara más a la verdad sobre las Estrellas Eternas y el último horizonte estelar. A medida que avanzaban, también se preparaban para enfrentar las consecuencias de los errores del pasado, conscientes de que sus propias vidas podrían depender de su habilidad para enfrentar los desafíos que les esperaban.

Finalmente, después de días de exploración y descubrimiento, la tripulación encontró lo que parecía ser el corazón mismo de las ruinas. En el centro de una vasta cámara, descubrieron un artefacto antiguo que parecía ser el núcleo de la energía estelar que había alimentado la civilización antigua.

◆ ◆ ◆

—Esto es lo que hemos estado buscando —dijo Kaelen, admirando el artefacto con reverencia—. Esto podría ser la clave para desentrañar los secretos de las Estrellas Eternas y el último horizonte estelar.

Pero antes de que pudieran investigar más a fondo, la cámara comenzó a temblar, sacudiendo el suelo bajo sus pies. —¡Tenemos que salir de aquí! —exclamó Alara, su voz llena de urgencia mientras corrían hacia la salida de la cámara. Con el artefacto en su poder, la tripulación de la Luz del Amanecer se apresuró a escapar de las ruinas antes de que fuera demasiado tarde. A medida que corrían por los pasillos oscuros y tortuosos, podían sentir el peligro acechando a su alrededor, esperando su oportunidad para atacar.

Continuará...

Con el artefacto en su posesión y el peligro acechando a su alrededor, la tripulación de la Luz del Amanecer se abrió paso entre las ruinas con determinación y coraje. Cada paso los acercaba más a la salida, pero también sabían que debían estar preparados para cualquier obstáculo que se interpusiera en su camino.

◆ ◆ ◆

Mientras corrían por los pasillos, los temblores se intensificaron, sacudiendo las paredes de las antiguas estructuras como si el mismo mundo estuviera reaccionando a su presencia. La tripulación luchaba por mantener el equilibrio mientras esquivaban escombros que caían, sus corazones latiendo con fuerza en sus pechos mientras se acercaban cada vez más a la salida.

—¡No podemos permitir que esto nos detenga! —gritó Kaelen por encima del estruendo de los temblores—. ¡Tenemos que seguir adelante! Con un esfuerzo conjunto, la tripulación logró llegar a la salida de las ruinas justo a tiempo, emergiendo al aire libre con el alivio palpable en sus rostros sudorosos.

A medida que observaban el mundo a su alrededor, vieron que el caos se extendía por todas partes, con el suelo temblando bajo sus pies y el cielo lleno de nubes oscuras que anunciaban una tormenta inminente.

—¿Qué está pasando aquí? —preguntó uno de los miembros de la tripulación, mirando a su alrededor con preocupación—. ¿Por qué este mundo está cayendo en la ruina? Kaelen frunció el ceño, su mente trabajando a toda velocidad mientras intentaba encontrar respuestas a las preguntas que los rodeaban.

◆ ◆ ◆

—No lo sé —admitió—. Pero parece que nuestros actos han desencadenado una reacción en cadena que está afectando a todo el planeta.

Con esa comprensión en mente, la tripulación se preparó para enfrentar lo que sea que se interpusiera en su camino, sabiendo que su destino estaba ligado al destino de este mundo. Con cada paso que daban, podían sentir el peso de la responsabilidad sobre sus hombros, pero también sabían que no podían permitirse rendirse ahora, no cuando estaban tan cerca de descubrir la verdad sobre las Estrellas Eternas y el último horizonte estelar.

◆ ◆ ◆

A medida que avanzaban, comenzaron a notar signos de vida en la superficie del planeta, criaturas extrañas y exóticas que se movían entre las ruinas y los escombros. Parecían estar huyendo de algo, sus ojos llenos de miedo y desesperación mientras corrían en todas direcciones. —Esto es desolador —dijo Alara, observando a las criaturas con tristeza—. Parece que este mundo está condenado a la destrucción.

Kaelen asintió, su mandíbula apretada con determinación. —No podemos permitir que eso suceda —dijo—. Debemos encontrar una manera de detener esto antes de que sea demasiado tarde. Con esa determinación en mente, la tripulación continuó su exploración del planeta, buscando cualquier pista o artefacto que pudiera ayudarlos a detener la catástrofe que se cernía sobre ellos. A medida que avanzaban, también se preparaban para enfrentar cualquier obstáculo que se interpusiera en su camino, conscientes de que su lucha apenas comenzaba.

◆ ◆ ◆

Finalmente, después de horas de búsqueda y exploración, la tripulación encontró lo que parecía ser la fuente de la energía descontrolada que estaba destruyendo el planeta. Una gran grieta se abría en el suelo, emanando una luz brillante y pulsante que parecía estar consumiendo todo a su alrededor.

◆ ◆ ◆

—Esto es lo que hemos estado buscando —dijo Kaelen, su voz llena de determinación—. Debemos cerrar esta grieta antes de que sea demasiado tarde. Con esa determinación en mente, la tripulación se preparó para enfrentar su desafío más grande hasta el momento, sabiendo que el destino de este mundo y el suyo propio dependía de su éxito. Con el universo extendiéndose ante ellos y el futuro lleno de posibilidades infinitas, Kaelen, Alara y el equipo de la Luz del Amanecer se prepararon para enfrentar lo que sea necesario en su búsqueda del último horizonte estelar.

Con determinación en sus corazones, la tripulación de la Luz del Amanecer se acercó a la grieta, preparados para cerrarla y detener la devastación que estaba consumiendo el planeta. Sin embargo, a medida que se acercaban, pudieron sentir la intensidad de la energía descontrolada que se desataba desde el abismo, creando una presión abrumadora que amenazaba con aplastarlos.

—¡Es demasiado peligroso acercarse más! —advirtió Alara, su voz apenas audible sobre el rugido de la energía —. ¡No podemos permitirnos ser absorbidos por esa grieta! Kaelen asintió, su mirada fija en el abismo ante ellos.

—Tenemos que encontrar una forma de cerrar esta grieta sin exponernos al peligro —dijo—. Debemos pensar con claridad y actuar con precaución si queremos tener alguna posibilidad de éxito.

Con esa estrategia en mente, la tripulación comenzó a buscar una manera de cerrar la grieta sin poner en peligro sus vidas. Examinaron cada centímetro de terreno alrededor de la grieta, buscando cualquier indicio de una solución a su dilema. Finalmente, encontraron lo que parecía ser una serie de antiguos dispositivos de control de energía, dispersos alrededor del borde de la grieta. Parecían haber sido diseñados para canalizar y regular la energía estelar que fluía desde el abismo, pero ahora estaban en mal estado y fuera de control.

—Creo que estos dispositivos podrían ser la clave para cerrar la grieta —dijo Kaelen, examinando los artefactos con atención —. Si podemos repararlos y redirigir su energía, tal vez podamos detener la devastación que está ocurriendo aquí.

◆ ◆ ◆

Con esa esperanza en mente, la tripulación se puso manos a la obra, trabajando juntos para reparar los antiguos dispositivos y redirigir su energía hacia la grieta. Fue un proceso arduo y peligroso, con la energía descontrolada amenazando con consumirlos en cualquier momento, pero con determinación y habilidad, lograron completar la tarea.

◆ ◆ ◆

—¡Lo hicimos! —exclamó Alara, observando cómo la energía de la grieta comenzaba a disminuir—. ¡Hemos cerrado la grieta! Kaelen sonrió, el alivio palpable en su voz. —Parece que hemos salvado este mundo de la destrucción —dijo—. Pero nuestro trabajo aquí aún no ha terminado. Todavía debemos descubrir la verdad sobre las Estrellas Eternas y el último horizonte estelar.

Con esa determinación en mente, la tripulación se preparó para continuar su búsqueda, sabiendo que aún tenían un largo camino por recorrer antes de encontrar las respuestas que buscaban. Pero con el universo extendiéndose ante ellos y el futuro lleno de posibilidades infinitas, Kaelen, Alara y el equipo de la Luz del Amanecer estaban listos para enfrentar lo que sea necesario en su búsqueda del último horizonte estelar.

Y así, con el sol brillando sobre sus cabezas y el viento soplando suavemente a su alrededor, se pusieron en marcha una vez más, listos para enfrentar los desafíos y las maravillas que les esperaban en el vasto y misterioso cosmos.

La tripulación de la Luz del Amanecer continuó su viaje a través del espacio, con el corazón lleno de esperanza y determinación. Sabían que cada paso que daban los acercaba más a la verdad sobre las Estrellas Eternas y el último horizonte estelar, y estaban decididos a no detenerse hasta que hubieran descubierto todos los secretos que el universo tenía para ofrecer.

A medida que viajaban por el espacio, exploraron nuevos sistemas estelares, descubriendo mundos nunca antes vistos y encontrando civilizaciones alienígenas con culturas y tecnologías sorprendentes. Cada nuevo encuentro les proporcionaba más pistas sobre las Estrellas Eternas y su conexión con el destino del universo, y cada nuevo descubrimiento los acercaba más a su objetivo final.

Sin embargo, también enfrentaron desafíos y peligros en su camino. En su búsqueda de respuestas, se encontraron con enemigos poderosos que harían cualquier cosa para proteger los secretos de las Estrellas Eternas. Batalla tras batalla, la tripulación de la Luz del Amanecer demostró su valentía y determinación, luchando con todas sus fuerzas para superar cualquier obstáculo que se interpusiera en su camino.

Pero a medida que avanzaban, también comenzaron a darse cuenta de que las Estrellas Eternas no eran solo un objeto de poder y conocimiento, sino que también representaban un peligro potencialmente catastrófico para el universo. Si caían en manos equivocadas, podrían ser utilizadas para desencadenar una destrucción inimaginable en toda la galaxia.

Con esa comprensión en mente, la tripulación se comprometió a proteger las Estrellas Eternas a toda costa, asegurándose de que nunca cayeran en manos equivocadas. Sabían que su misión era de vital importancia para el destino del universo, y estaban dispuestos a sacrificarlo todo para asegurar un futuro seguro y próspero para todas las especies que habitaban en él.

Y así, con el sol brillando sobre sus rostros y las estrellas brillando en el vasto cielo nocturno, la tripulación de la Luz del Amanecer continuó su viaje hacia el último horizonte estelar, sabiendo que su destino estaba entrelazado con el destino mismo del universo. Con cada nuevo descubrimiento y cada nueva aventura, se acercaban más a la verdad que habían estado buscando desde el principio, listos para enfrentar lo que sea necesario en su búsqueda de la sabiduría y el poder que las Estrellas Eternas prometían. Y así, con determinación y coraje, siguieron adelante, hacia el infinito y más allá.

CAPÍTULO 7: LA REVELACIÓN DEL ORIGEN

La nave espacial Luz del Amanecer surcaba el espacio interestelar, siguiendo las coordenadas que habían descubierto en su búsqueda de las Estrellas Eternas y el último horizonte estelar. La tripulación estaba llena de anticipación y nerviosismo mientras se acercaban a su destino final, conscientes de que estaban a punto de descubrir la verdad que habían estado buscando durante tanto tiempo.

◆ ◆ ◆

Kaelen, Alara y el resto de la tripulación se reunieron en el puente de mando, observando con atención las estrellas que brillaban en el vasto vacío del espacio. Sabían que estaban cerca de su destino, y podían sentir la energía palpable en el aire mientras se preparaban para lo que les esperaba. —Estamos a punto de llegar —dijo Kaelen, su voz llena de emoción —. Después de tanto tiempo, finalmente descubriremos la verdad sobre las Estrellas Eternas. Alara asintió, su mirada fija en la pantalla de navegación frente a ellos.

◆ ◆ ◆

—Espero que estemos preparados para lo que vamos a encontrar —dijo—. Esta búsqueda ha sido más peligrosa de lo que jamás hubiéramos imaginado. La tripulación asintió en silencio, recordando las muchas pruebas y desafíos que habían enfrentado en su viaje. Pero a pesar de los obstáculos, seguían adelante con determinación, sabiendo que estaban más cerca que nunca de desentrañar los misterios que habían perseguido desde el inicio de su aventura.

◆ ◆ ◆

Finalmente, la nave entró en el sistema estelar que habían estado buscando, y la tripulación se preparó para su aproximación al planeta que albergaba las respuestas que tanto ansiaban. A medida que se acercaban, pudieron ver que el planeta estaba envuelto en una neblina espesa y oscura, como si estuviera ocultando algo importante de su vista.

—Es extraño —comentó uno de los miembros de la tripulación —. Parece que este planeta está escondiendo algo. Kaelen frunció el ceño, su mente trabajando a toda velocidad mientras intentaba entender lo que veían. —Quizás haya algo más en este planeta de lo que parece a simple vista —dijo—. Debemos estar preparados para cualquier cosa.

Con esa precaución en mente, la tripulación descendió a la atmósfera del planeta, preparados para explorar lo desconocido que les esperaba. A medida que descendían, pudieron ver que el paisaje estaba cubierto de ruinas antiguas y desoladas, como si alguna vez hubiera sido el hogar de una civilización poderosa y avanzada.

—Esto es increíble —murmuró Alara, observando las ruinas con asombro—. ¿Qué tipo de civilización podría haber vivido aquí? Kaelen asintió, su mente girando con posibilidades. —No lo sé, pero algo me dice que las respuestas que buscamos están aquí, entre estas ruinas olvidadas. Con esa determinación en mente, la tripulación comenzó a explorar las ruinas, buscando cualquier pista o indicio que pudiera ayudarlos a entender la verdad sobre las Estrellas Eternas y el último horizonte estelar. A medida que avanzaban, encontraron signos de una civilización antigua y misteriosa, con inscripciones y artefactos que parecían hablar de un conocimiento y un poder más allá de su comprensión. —Esto es asombroso —dijo uno de los miembros de la tripulación, examinando un artefacto antiguo que brillaba con una luz misteriosa—. Parece que esta civilización tenía un conocimiento profundo de las estrellas y el universo. Kaelen asintió, su mente zumbando con emoción mientras estudiaba los artefactos a su alrededor.

—Creo que estamos cerca de descubrir la verdad que hemos estado buscando —dijo—. Debemos seguir adelante y explorar más a fondo estas ruinas.Con esa determinación en mente, la tripulación continuó su exploración de las ruinas, cada paso acercándolos más a la verdad que tanto ansiaban descubrir. Pero a medida que avanzaban, también comenzaron a darse cuenta de que no estaban solos en el planeta.

—Siento que estamos siendo observados —murmuró Alara, su voz llena de preocupación—. Creo que no estamos solos aquí. Kaelen frunció el ceño, su mano instintivamente alcanzando el arma a su lado. —Estemos preparados para cualquier cosa —advirtió—. No sabemos qué nos espera en estas ruinas.

Con esa precaución en mente, la tripulación continuó avanzando, conscientes de que estaban acercándose cada vez más a la verdad que tanto ansiaban descubrir.

Pero lo que encontrarían en las profundidades de las ruinas cambiaría todo lo que pensaban que sabían sobre las Estrellas Eternas y el último horizonte estelar. El Esplendor de las Estrellas la luz del amanecer surcaba el vasto espacio intergaláctico, navegando entre las estrellas con gracia y determinación. La tripulación se había sumergido por completo en su búsqueda del último horizonte estelar, y cada día traía consigo nuevos descubrimientos y desafíos.

Después de muchas semanas de viaje, la nave finalmente llegó a un sistema estelar que parecía prometedor. Las lecturas indicaban la presencia de una estrella antigua y poderosa, rodeada por varios planetas y lunas. Era un lugar lleno de misterio y posibilidades, y la tripulación sabía que valía la pena explorarlo en busca de respuestas sobre las Estrellas Eternas.

Kaelen miró por la ventana de la nave, contemplando la belleza del sistema estelar ante ellos. Las estrellas brillaban con una intensidad deslumbrante, iluminando el espacio con su resplandor dorado, mientras que los planetas y lunas giraban con gracia a su alrededor.

◆ ◆ ◆

—Es asombroso —murmuró Alara, parada junto a él—. Nunca me cansaré de contemplar la belleza del cosmos. Kaelen asintió, su mirada perdida en el esplendor de las estrellas.

◆ ◆ ◆

—Es fácil olvidar lo pequeños que somos en comparación con la inmensidad del universo —dijo—. Pero también es un recordatorio de que cada uno de nosotros tiene un papel que desempeñar en el gran esquema de las cosas.

◆ ◆ ◆

Con esa reflexión en mente, la tripulación se preparó para explorar el sistema estelar en busca de pistas sobre las Estrellas Eternas y el último horizonte estelar. Después de muchos días de exploración, finalmente encontraron lo que parecía ser un planeta antiguo y misterioso, cubierto por una densa capa de niebla y niebla.

—Este lugar parece estar ocultando algo —dijo uno de los miembros de la tripulación, mirando la superficie del planeta con curiosidad—. ¿Qué crees que podríamos encontrar aquí? Kaelen frunció el ceño, su mente trabajando a toda velocidad mientras consideraba las posibilidades.

◆ ◆ ◆

—No lo sé —admitió—. Pero algo me dice que este planeta guarda secretos que podrían cambiar nuestro entendimiento del universo para siempre. Con esa determinación en mente, la tripulación descendió a la superficie del planeta, preparada para enfrentar lo que sea que encontraran en su búsqueda de la verdad sobre las Estrellas Eternas.

A medida que exploraban el planeta, pronto se dieron cuenta de que estaba lleno de maravillas y peligros por igual. Descubrieron antiguas ruinas y templos cubiertos por la niebla, cada uno de ellos lleno de inscripciones y símbolos que hablaban de una civilización perdida hace mucho tiempo. —Esto es increíble —dijo Alara, admirando las antiguas estructuras con asombro—. Parece que este lugar ha sido olvidado por el tiempo. Kaelen asintió, su mirada escudriñando las ruinas en busca de pistas sobre las Estrellas Eternas.

—Debemos ser cuidadosos aquí —advirtió—. No sabemos qué peligros podrían acechar en las sombras. A medida que avanzaban, comenzaron a notar signos de una presencia más tangible y amenazante. Sombras se movían entre las ruinas, acechando en las sombras y observando cada movimiento de la tripulación con una determinación siniestra.

—Siento que nos están observando —murmuró uno de los

miembros de la tripulación, su voz llena de nerviosismo. Kaelen asintió, su mano instintivamente alcanzando el arma a su lado. —Estemos preparados para cualquier cosa —advirtió—. No sabemos qué nos espera en estas sombras. Con esa precaución en mente, la tripulación continuó su exploración de las ruinas, con los ojos y los oídos alerta ante cualquier señal de peligro. A medida que avanzaban, las sombras parecían cerrarse a su alrededor, presionándolos hacia adelante con una fuerza invisible pero palpable.

◆ ◆ ◆

Finalmente, llegaron a una gran cámara en el corazón de las ruinas, donde una presencia oscura y maligna los esperaba. Una figura alta y encapuchada se erguía en lo alto de un pedestal antiguo, sus ojos brillando con un resplandor rojo y siniestro mientras los observaba con atención.

—¿Quién eres tú? —preguntó Kaelen, su voz llena de desafío mientras enfrentaba a la figura oscura. La figura se rió con una risa siniestra, su voz resonando en las paredes de la cámara. —Soy el guardián de este lugar —dijo—. Y no permitiré que intrusos como ustedes perturben el equilibrio de las Estrellas Eternas.

Con eso, el guardián se lanzó hacia adelante con una velocidad sorprendente, su mano extendida para lanzar un ataque devastador contra la tripulación. La batalla que siguió fue feroz y despiadada, con la tripulación luchando con todas sus fuerzas para derrotar al guardián y protegerse a sí mismos. Sin embargo, pronto se dieron cuenta de que estaban enfrentando a un enemigo formidable, uno que no tenía intención de rendirse fácilmente.

—¡No podemos permitir que este guardián nos detenga! —exclamó Kaelen, su voz llena de determinación mientras luchaba contra los ataques del guardián—. ¡Debemos encontrar una manera de derrotarlo! Con esa determinación en mente, la tripulación luchó con valentía, buscando cualquier debilidad en el guardián que pudieran explotar. A medida que la batalla continuaba, comenzaron a darse cuenta de que el guardián estaba siendo alimentado por una fuente de energía oscura y corrupta, una que debían neutralizar si querían tener alguna posibilidad de derrotarlo. —¡Allí! —exclamó Alara, señalando hacia una antigua reliquia en el centro de la cámara—. Creo que esa es la fuente de energía que está alimentando al guardián. Kaelen asintió, su mente trabajando a toda velocidad mientras formulaba un plan.—

—¡Debemos llegar hasta allí y neutralizar esa fuente de energía! —ordenó Kaelen, liderando el ataque hacia la reliquia.

La tripulación se abrió paso entre los ataques del guardián, esquivando sus embates con destreza mientras se acercaban cada vez más a su objetivo. Con determinación y valentía, alcanzaron la reliquia y comenzaron a trabajar juntos para desactivarla y cortar la fuente de energía que alimentaba al guardián.

El guardián, furioso por su intento de neutralizar su poder, redobló sus esfuerzos para detenerlos, pero la tripulación se mantuvo firme en su tarea. Con habilidad y trabajo en equipo, lograron desactivar la reliquia, cortando la fuente de energía y debilitando al guardián en el proceso.

Con un grito de triunfo, la tripulación se lanzó hacia adelante, aprovechando la oportunidad para atacar al guardián ahora vulnerable. Con cada golpe y cada estrategia, lo acorralaron, hasta que finalmente cayó derrotado, su forma oscura desvaneciéndose en la nada.

◆ ◆ ◆

Alara miró a su alrededor, su corazón lleno de alivio y satisfacción. —Lo hicimos —dijo—. Derrotamos al guardián y neutralizamos la fuente de energía oscura. Kaelen asintió, su mirada fija en la reliquia ahora inerte. —Pero nuestra tarea aún no ha terminado —dijo—. Debemos asegurarnos de que esta reliquia no vuelva a ser utilizada para sembrar el caos en el universo.

Con esa determinación en mente, la tripulación de la Luz del Amanecer se puso manos a la obra, buscando una manera de sellar la reliquia y protegerla de aquellos que buscaran utilizar su poder para propósitos malignos. Después de mucho trabajo y planificación, lograron completar su tarea, dejando la reliquia oculta y protegida de la vista de aquellos que pudieran buscarla. Con el guardián derrotado y la reliquia sellada, la tripulación se preparó para continuar su búsqueda del último horizonte estelar. Sabían que aún les esperaban desafíos por delante, pero estaban listos para enfrentarlos con valentía y determinación.

Y así, con el sol brillando sobre sus cabezas y el vasto cosmos extendiéndose ante ellos, la tripulación de la Luz del Amanecer se puso en marcha una vez más, listos para enfrentar lo que sea necesario en su búsqueda de la verdad y la sabiduría que las Estrellas Eternas prometían. Con cada nueva aventura y cada nuevo descubrimiento, se acercaban más a su objetivo final, preparados para enfrentar lo que sea necesario para alcanzar el último horizonte estelar.

La nave surcaba el espacio, dejando atrás el planeta ahora en paz y dirigiéndose hacia el próximo destino en su búsqueda. Sin embargo, antes de que pudieran continuar, recibieron una transmisión inesperada desde un sistema estelar cercano. La comunicación venía de una civilización avanzada que habitaba en un conjunto de planetas prósperos y tecnológicamente desarrollados.

—¿Qué hacen aquí los extranjeros? —preguntó el líder de la civilización, una figura imponente que apareció en la pantalla de comunicación—. No son bienvenidos en este sistema estelar. Kaelen se adelantó, respondiendo con calma: —Somos pacíficos viajeros en busca de conocimiento y sabiduría. No tenemos intención de causar problemas.

El líder de la civilización observó a Kaelen con cautela, evaluando sus palabras. Después de un momento de reflexión, finalmente habló: —Si están en busca de conocimiento, entonces pueden ser útiles para nosotros. Tenemos una pregunta que necesita respuesta, una cuestión que ha desconcertado a nuestros mejores científicos durante generaciones.

Kaelen asintió, intrigado por la propuesta. —Estaremos encantados de ayudar en lo que podamos —respondió. La civilización avanzada explicó que habían descubierto un fenómeno extraño en el espacio cercano a su sistema estelar: una anomalía que parecía estar absorbiendo la energía de las estrellas cercanas, dejándolas debilitadas y al borde del colapso. Habían intentado investigar la anomalía por sí mismos, pero hasta ahora no habían logrado descubrir su origen o propósito.

—Creemos que esta anomalía podría estar relacionada de alguna manera con las Estrellas Eternas —explicó el líder —. Y si ustedes son expertos en el estudio de esos objetos, podrían ayudarnos a resolver este misterio. Kaelen y la tripulación aceptaron el desafío, sabiendo que esta podría ser una oportunidad invaluable para aprender más sobre las Estrellas Eternas y su conexión con el universo. Se dirigieron hacia el sistema estelar de la civilización avanzada, listos para enfrentar el desafío que les esperaba. A medida que se acercaban a la anomalía, pudieron sentir la intensidad de su presencia, una fuerza oscura y misteriosa que parecía emanar de las profundidades del espacio. La nave se adentró en la oscuridad, rodeada por la energía ominosa que emanaba de la anomalía.

—Esto es increíble —murmuró Alara, mirando por la ventana de la nave hacia la oscuridad infinita—. Nunca había visto algo así. Kaelen asintió, su mente trabajando a toda velocidad mientras intentaba comprender la naturaleza de la anomalía. —Debemos encontrar una manera de investigar más a fondo esta anomalía sin exponernos al peligro —dijo—. Necesitamos entender su origen y propósito si queremos encontrar una solución.

◆ ◆ ◆

Con esa determinación en mente, la tripulación comenzó a estudiar la anomalía, utilizando sensores avanzados y tecnología de escaneo para recopilar datos sobre su composición y comportamiento. A medida que profundizaban en sus investigaciones, comenzaron a descubrir pistas importantes sobre la naturaleza de la anomalía y su conexión con las Estrellas Eternas.

—Creo que esta anomalía es una manifestación directa de la energía estelar de las Estrellas Eternas —dijo Kaelen, examinando los datos con atención—. Parece que está actuando como un agujero negro, absorbiendo la energía de las estrellas cercanas y canalizándola hacia algún propósito desconocido. La tripulación asintió, impresionada por el descubrimiento.

—Entonces, ¿qué debemos hacer al respecto? —preguntó Alara, mirando a Kaelen en busca de orientación. Kaelen reflexionó por un momento, su mente zumbando con posibilidades y estrategias. —Creo que debemos intentar neutralizar la anomalía, deteniendo su capacidad para absorber la energía estelar —dijo—. Pero para hacer eso, necesitaremos encontrar una manera de acceder a su núcleo y desactivarlo desde dentro.

Con esa estrategia en mente, la tripulación comenzó a trabajar en un plan para infiltrarse en la anomalía y neutralizar su núcleo. Sabían que sería una tarea peligrosa y desafiante, pero estaban decididos a tener éxito, no solo por el bien de la civilización avanzada, sino también por el bien del universo en su conjunto.

Continuará...

La tripulación de la Luz del Amanecer se preparó para llevar a cabo su arriesgado plan. Equipados con trajes especiales y tecnología avanzada, se lanzaron hacia la anomalía, atravesando su oscura y ominosa barrera con determinación y valentía.

A medida que se adentraban en su interior, se encontraron con un paisaje surrealista y perturbador. La energía oscura y retorcida pululaba a su alrededor, creando torbellinos de coloridas luces que danzaban en la oscuridad. A pesar de la belleza superficial, la tripulación sabía que estaban en un lugar peligroso y desconocido.

—Esto es increíble —murmuró uno de los miembros de la tripulación, observando el paisaje con asombro—. Nunca había visto nada igual. Kaelen asintió, su mirada escudriñando el entorno en busca de cualquier signo de peligro. —No nos dejemos engañar por su apariencia —advirtió—. Esta anomalía es extremadamente peligrosa, y debemos mantenernos alerta en todo momento. Con esa precaución en mente, la tripulación avanzó, siguiendo las lecturas de los sensores hacia el corazón de la anomalía. A medida que se acercaban, la intensidad de la energía oscura aumentaba, envolviéndolos en una sensación de opresión y malestar.

Finalmente, llegaron al núcleo de la anomalía, donde encontraron una estructura compleja y retorcida que parecía ser la fuente de su poder. Sabían que debían neutralizar la estructura si querían detener la anomalía y proteger el sistema estelar de su destrucción inminente.

◆ ◆ ◆

—Tenemos que encontrar una manera de desactivar esta estructura desde dentro —dijo Kaelen, examinando la complicada red de cables y circuitos que se extendían ante ellos.

◆ ◆ ◆

La tripulación se puso manos a la obra, buscando cualquier punto débil o vulnerabilidad que pudieran aprovechar. Con habilidad y determinación, comenzaron a manipular los controles y dispositivos, intentando encontrar una manera de desactivar la estructura sin desencadenar una reacción en cadena catastrófica. —¡Aquí hay un panel de control! —exclamó Alara, señalando hacia una consola parpadeante en la pared—. Creo que podríamos usarlo para desactivar la estructura. Kaelen asintió, su mente trabajando a toda velocidad mientras formulaba un plan. —Vamos a trabajar juntos para acceder al panel y desactivar la estructura —dijo—. Pero debemos tener cuidado de no activar ningún mecanismo de defensa que pueda estar en su lugar.

Con esa advertencia en mente, la tripulación se acercó al panel de control, trabajando juntos para abrirlo y acceder a sus sistemas internos. A medida que manipulaban los controles, comenzaron a notar signos de resistencia, con la estructura reaccionando a sus intrusiones de una manera cada vez más agresiva.

◆ ◆ ◆

—¡Está empezando a activarse! —advirtió uno de los miembros de la tripulación, señalando hacia las luces parpadeantes que indicaban la reacción de la estructura. Kaelen apretó los dientes, redoblando sus esfuerzos para desactivar la estructura antes de que fuera demasiado tarde. Con habilidad y determinación, lograron completar su tarea justo a tiempo, neutralizando la estructura y deteniendo la anomalía en su lugar.

◆ ◆ ◆

Con un suspiro de alivio, la tripulación se retiró de la anomalía, regresando a la seguridad de su nave con la satisfacción de saber que habían tenido éxito en su misión. Con la anomalía neutralizada y el sistema estelar a salvo, pudieron continuar su búsqueda del último horizonte estelar con renovada determinación y esperanza en sus corazones. Y así, con el sol brillando sobre sus cabezas y las estrellas brillando en el vasto cielo nocturno, la tripulación de la Luz del Amanecer se puso en marcha una vez más, listos para enfrentar los desafíos y las maravillas que les esperaban en su búsqueda del último horizonte estelar. Con cada nueva aventura y cada nuevo descubrimiento, se acercaban más a la verdad que habían estado buscando desde el principio, preparados para enfrentar lo que sea necesario para alcanzar su objetivo final.

Mientras continuaban su travesía por el espacio, la tripulación de la Luz del Amanecer se encontró con una serie de desafíos y descubrimientos que ampliaron su comprensión del universo y su conexión con las Estrellas Eternas.

◆ ◆ ◆

Exploraron sistemas estelares desconocidos, descubriendo nuevas formas de vida y civilizaciones fascinantes. En cada encuentro, intercambiaron conocimientos y experiencias, aprendiendo más sobre la diversidad y la complejidad del cosmos. Sin embargo, también se enfrentaron a peligros inesperados, como asteroides errantes y tormentas de energía cósmica. En más de una ocasión, la habilidad y la astucia de la tripulación los salvaron de situaciones potencialmente catastróficas.

A medida que avanzaban en su viaje, comenzaron a notar un patrón en los lugares que visitaban: la presencia de artefactos antiguos y ruinas misteriosas que parecían estar relacionadas con las Estrellas Eternas. Cada descubrimiento les acercaba un paso más a desentrañar el enigma de estas enigmáticas reliquias estelares.

En uno de sus viajes, la tripulación llegó a un sistema estelar dominado por una estrella moribunda que emitía una luz rojiza y débil. Al explorar los planetas cercanos, descubrieron una civilización alienígena que había construido una serie de templos y santuarios en honor a la estrella.

Los habitantes del sistema estelar explicaron que creían que la estrella era una manifestación de una deidad antigua, una entidad divina que había creado el universo y guiaba su destino. Utilizaban rituales y ceremonias para adorar a la estrella, buscando su protección y su guía en tiempos de necesidad.

Kaelen y su tripulación observaron con curiosidad las prácticas religiosas de los habitantes del sistema estelar, fascinados por su devoción y su fe en la estrella moribunda. Sin embargo, también se preguntaban si había alguna conexión entre la deidad adorada por los alienígenas y las Estrellas Eternas que buscaban.

Decididos a descubrir la verdad, la tripulación comenzó a investigar los templos y santuarios, buscando pistas que pudieran ayudarlos en su búsqueda. A medida que exploraban las antiguas ruinas, encontraron inscripciones y símbolos que parecían estar relacionados con las Estrellas Eternas, sugiriendo una conexión más profunda entre la deidad adorada por los alienígenas y las misteriosas reliquias estelares.

—Creo que estas inscripciones podrían contener información crucial sobre las Estrellas Eternas —dijo Kaelen, examinando los símbolos con atención—. Debemos decodificarlas y descubrir lo que nos están tratando de decir.

Con esa determinación en mente, la tripulación se puso manos a la obra, utilizando su experiencia y habilidades para descifrar las inscripciones y desentrañar los secretos de los templos antiguos. Con el tiempo, lograron descubrir la verdad oculta detrás de las antiguas ruinas y su conexión con las Estrellas Eternas.

◆ ◆ ◆

Descubrieron que la estrella moribunda era en realidad una manifestación de una deidad ancestral que había existido desde el principio de los tiempos. Esta deidad había creado las Estrellas Eternas como una forma de mantener el equilibrio en el universo, asegurándose de que la luz y la oscuridad coexistieran en armonía.

Al comprender la verdadera naturaleza de la estrella y su conexión con las Estrellas Eternas, la tripulación se sintió inspirada y fortalecida en su búsqueda del último horizonte estelar. Sabían que aún les esperaban desafíos por delante, pero estaban listos para enfrentarlos con valentía y determinación.

Y así, con el sol brillando sobre sus cabezas y el vasto cosmos extendiéndose ante ellos, la tripulación de la Luz del Amanecer continuó su viaje hacia el último horizonte estelar, sabiendo que estaban un paso más cerca de alcanzar su objetivo final. Con cada nuevo descubrimiento y cada nueva aventura, se acercaban más a la verdad que habían estado buscando desde el principio, preparados para enfrentar lo que sea necesario para alcanzar su destino en las estrellas.

CAPÍTULO 8: LA PRUEBA DEL TIEMPO

La nave espacial Luz del Amanecer navegaba por el espacio, siguiendo las coordenadas que habían obtenido en su búsqueda del último horizonte estelar. Después de su última aventura en el sistema estelar de la estrella moribunda, la tripulación estaba más determinada que nunca a desentrañar los misterios de las Estrellas Eternas.

Kaelen observaba los controles de navegación con atención, su mente trabajando en la siguiente fase de su viaje. Sabía que el camino por delante estaría lleno de desafíos y peligros, pero estaba decidido a enfrentarlos con valentía y determinación.

—¿Cuál es nuestro próximo destino, capitán? —preguntó Alara, uniéndose a él en el puente de mando. Kaelen consultó la pantalla de navegación antes de responder. —Nuestro próximo destino es un sistema estelar conocido como Arkanis. Según nuestros datos, hay indicios de actividad estelar inusual que podría estar relacionada con las Estrellas Eternas. Alara asintió, comprendiendo la importancia de la misión. —Entonces, ¿qué esperamos encontrar en Arkanis?

Kaelen frunció el ceño, reflexionando sobre la pregunta.

◆ ◆ ◆

—No lo sé con certeza. Pero debemos estar preparados para cualquier cosa. Arkanis podría contener respuestas importantes sobre las Estrellas Eternas, y no podemos permitirnos pasar por alto ninguna pista. Con esa determinación en mente, la tripulación se preparó para su próximo desafío, listos para enfrentar lo que sea necesario en su búsqueda de la verdad en las estrellas.

◆ ◆ ◆

Al llegar al sistema estelar de Arkanis, la Luz del Amanecer fue recibida por una visión impresionante. La estrella central del sistema brillaba con una intensidad deslumbrante, iluminando los planetas y asteroides que la orbitaban con un resplandor dorado.

Sin embargo, a medida que la nave se acercaba más al sistema, comenzaron a notar signos de actividad estelar inusual. Manchas solares gigantes arrojaban llamaradas de energía hacia el espacio, creando una danza de luz y color en el vacío del espacio.

—Esto no parece ser nada ordinario —observó uno de los miembros de la tripulación, mirando por la ventana con asombro. Kaelen asintió, su mente trabajando en posibles explicaciones para la actividad estelar inusual. —Debemos investigar más a fondo —dijo—.

Quizás estas manchas solares contienen pistas sobre las Estrellas Eternas y su influencia en el universo.

◆ ◆ ◆

Con esa determinación en mente, la tripulación desplegó sondas de investigación para estudiar las manchas solares y recopilar datos sobre su comportamiento. A medida que analizaban los resultados, comenzaron a notar patrones y anomalías que sugerían una conexión más profunda con las Estrellas Eternas de lo que habían imaginado. —Estas manchas solares parecen estar emitiendo una forma de energía desconocida —informó uno de los científicos de la tripulación—. Y hay indicios de que esta energía podría estar relacionada con las Estrellas Eternas.

Kaelen frunció el ceño, reflexionando sobre la información. —Debemos descubrir más sobre esta energía y cómo está relacionada con las Estrellas Eternas. ¿Hay alguna forma de acceder más cerca de las manchas solares para investigarlas? Los científicos de la tripulación trabajaron diligentemente para encontrar una manera segura de acercarse a las manchas solares y estudiarlas más de cerca. Finalmente, desarrollaron un plan que les permitiría enviar una sonda de investigación equipada con tecnología avanzada para recopilar muestras y datos sobre la energía emitida por las manchas solares.

La sonda se lanzó con éxito hacia las manchas solares, desapareciendo en la intensa luz y calor que emitían. Durante horas, la tripulación esperó ansiosamente los resultados de la misión, conscientes del peligro que enfrentaba la sonda en el corazón de las manchas solares. Finalmente, recibieron una transmisión de la sonda, informando que había encontrado algo increíble en el centro de las manchas solares: una forma de energía pura y cristalina que parecía estar conectada directamente con las Estrellas Eternas. —Esto es increíble —murmuró Alara, mirando asombrada la transmisión de la sonda—. Parece que hemos encontrado una pista importante sobre las Estrellas Eternas.

Kaelen asintió, su mente zumbando con posibilidades y preguntas. —Debemos estudiar esta energía con más detalle y descubrir cómo está relacionada con las Estrellas Eternas. Esto podría ser la clave para desbloquear los misterios del universo.

◆ ◆ ◆

Con esa determinación en mente, la tripulación se preparó para llevar a cabo una investigación más exhaustiva de la energía encontrada en las manchas solares de Arkanis. Sabían que estaban en el umbral de un descubrimiento importante, uno que podría cambiar para siempre su comprensión del cosmos y su lugar en él.

Y así, con el sol brillando sobre sus cabezas y las estrellas brillando en el vasto cielo nocturno, la tripulación de la Luz del Amanecer se embarcó en su próxima aventura, lista para enfrentar los desafíos y descubrimientos que les esperaban en su búsqueda del último horizonte estelar. Con cada paso que daban, se acercaban más a la verdad que habían estado buscando desde el principio, preparados para enfrentar lo que sea necesario para alcanzar su objetivo final en las estrellas. La investigación de la energía de las manchas solares de Arkanis ocupó a la tripulación durante días. Utilizando tecnología avanzada y análisis detallado, lograron desentrañar algunos de los misterios que rodeaban a esta forma de energía. Descubrieron que estaba compuesta por una combinación de partículas subatómicas altamente cargadas y radiación electromagnética, que interactuaban de una manera única y misteriosa. Sin embargo, lo más sorprendente fue lo que encontraron cuando analizaron las propiedades fundamentales de esta energía. Descubrieron que estaba intrínsecamente ligada a las Estrellas Eternas, como si fuera una manifestación directa de su poder y su influencia en el universo.

◆ ◆ ◆

—Esto es asombroso —exclamó uno de los científicos de la tripulación, mirando los datos con asombro—. Parece que hemos encontrado una prueba sólida de la conexión entre esta energía y las Estrellas Eternas. Kaelen asintió, su mente zumbando con posibilidades.

◆ ◆ ◆

—Debemos informar de estos hallazgos a las autoridades relevantes y coordinar nuestros esfuerzos con otros investigadores que estén estudiando las Estrellas Eternas. Esta energía podría ser la clave para desbloquear los secretos del universo. Con esa determinación en mente, la tripulación se puso en contacto con las autoridades científicas y gubernamentales pertinentes, compartiendo sus descubrimientos y colaborando en futuras investigaciones sobre las Estrellas Eternas. A medida que trabajaban juntos para comprender mejor la naturaleza de estas misteriosas reliquias estelares, la tripulación de la Luz del Amanecer se sintió más cerca que nunca de alcanzar su objetivo final. Sin embargo, su trabajo estaba lejos de terminar. Mientras continuaban su investigación, se encontraron con nuevos desafíos y misterios que los llevaron aún más lejos en su búsqueda del último horizonte estelar.

◆ ◆ ◆

En uno de sus viajes, la tripulación llegó a un sistema estelar remoto habitado por una civilización antigua y avanzada. Los habitantes del sistema estelar eran conocidos por su profundo conocimiento de las estrellas y su influencia en el universo, y la tripulación esperaba aprender más sobre las Estrellas Eternas de ellos.

◆ ◆ ◆

Al principio, la civilización antigua se mostró reacia a compartir su conocimiento con los extranjeros. Pero después de ganarse su confianza y demostrar su dedicación a la búsqueda del conocimiento, la tripulación fue recibida con los brazos abiertos y permitida para estudiar los antiguos textos y registros que contenían la sabiduría de su civilización. A medida que exploraban los antiguos archivos, la tripulación descubrió una serie de profecías y leyendas que hablaban sobre las Estrellas Eternas y su influencia en el destino del universo. Según estas leyendas, las Estrellas Eternas eran guardianes de la luz y la oscuridad, encargadas de mantener el equilibrio en el cosmos y protegerlo de fuerzas malignas que amenazaban con destruirlo. —Esto es fascinante —murmuró Alara, leyendo una de las antiguas profecías con atención—. Parece que las Estrellas Eternas tienen un propósito mucho más grande de lo que habíamos imaginado. Kaelen asintió, su mente trabajando en posibles implicaciones.

—Esto sugiere que nuestra búsqueda del último horizonte estelar está destinada a tener consecuencias más allá de lo que habíamos anticipado. Debemos estar preparados para enfrentar lo que sea necesario en nuestro camino hacia la verdad. Con esa determinación en mente, la tripulación continuó su viaje por el cosmos, enfrentando desafíos y descubrimientos que los llevaron cada vez más cerca de su objetivo final. Con cada nuevo paso que daban, se acercaban más a la verdad que habían estado buscando desde el principio, preparados para enfrentar lo que sea necesario para alcanzar el último horizonte estelar. Y así, con el sol brillando sobre sus cabezas y las estrellas brillando en el vasto cielo nocturno, la tripulación de la Luz del Amanecer se embarcó en su próxima aventura, lista para enfrentar lo que sea necesario en su búsqueda de la verdad en las estrellas. La siguiente parada en su viaje los llevó a un sistema estelar en las afueras de la galaxia, conocido por su densidad estelar y su enigmática nebulosa. A medida que la nave se adentraba en el sistema, la tripulación se maravillaba ante la belleza y la magnificencia del paisaje estelar que se extendía ante ellos. Sin embargo, su asombro pronto se vio empañado por un descubrimiento inesperado: una presencia oscura y ominosa que parecía estar acechando en las profundidades de la nebulosa. A medida que se acercaban más, la tripulación comenzó a sentir una sensación de inquietud y malestar, como si estuvieran siendo observados por algo antiguo y poderoso.

◆ ◆ ◆

—¿Qué es esa presencia? —preguntó uno de los miembros de la tripulación, mirando nerviosamente hacia las sombras que se cernían sobre ellos. Kaelen frunció el ceño, su instinto advirtiéndole del peligro que representaba esta entidad desconocida.

◆ ◆ ◆

—No lo sé, pero debemos proceder con cautela. No sabemos qué intenciones puede tener esta presencia, y no podemos permitirnos subestimarla. Con esa precaución en mente, la tripulación continuó su exploración del sistema estelar, manteniéndose alerta ante cualquier signo de peligro. A medida que se adentraban más en la nebulosa, comenzaron a notar signos de actividad inusual: extrañas fluctuaciones en el espacio-tiempo, distorsiones en la realidad y fenómenos inexplicables que desafiaban toda lógica.

—Esto es como nada que hayamos visto antes —comentó Alara, observando con asombro las extrañas anomalías que rodeaban la nave. Kaelen asintió, su mente trabajando en posibles explicaciones para lo que estaban presenciando. —Creo que estas anomalías podrían estar relacionadas con la presencia oscura que hemos detectado en la nebulosa. Debemos investigar más a fondo para descubrir la verdad detrás de este misterio.

Con esa determinación en mente, la tripulación se adentró más en la nebulosa, enfrentándose a desafíos cada vez más peligrosos a medida que se acercaban a la fuente de la presencia oscura. En su camino, se encontraron con una serie de pruebas y obstáculos que pusieron a prueba su coraje y su ingenio, pero no retrocedieron ante el desafío.

Finalmente, llegaron al corazón de la nebulosa, donde encontraron una entidad antigua y poderosa que se manifestaba como una forma de energía oscura y retorcida. La entidad parecía estar alimentándose de la energía de las estrellas cercanas, amenazando con consumir todo a su paso. —¡Esto es lo que hemos estado buscando! —exclamó Kaelen, dándose cuenta de que habían encontrado una manifestación directa de las fuerzas oscuras que habían estado acechando en las sombras.

Sin embargo, antes de que pudieran hacer algo, la entidad se abalanzó sobre ellos, envolviendo la nave en su oscura influencia y amenazando con destruirlos a todos. La tripulación se enfrentaba a su desafío más grande hasta el momento, una prueba de valor y determinación que pondría a prueba incluso sus habilidades más profundas. Pero estaban decididos a prevalecer, a enfrentarse a la oscuridad con la luz de su coraje y su determinación de alcanzar el último horizonte estelar.

◆ ◆ ◆

Y así, con el destino en juego y el universo observando, la tripulación de la Luz del Amanecer se preparó para enfrentar su mayor desafío hasta el momento, listos para luchar hasta el final en su búsqueda de la verdad en las estrellas. La entidad oscura envolvía la nave con su presencia ominosa, llenando el espacio a su alrededor con una sensación de opresión y malestar. Los sistemas de la nave comenzaron a fallar, y la tripulación se vio obligada a luchar contra las fuerzas que intentaban arrastrarlos hacia la oscuridad. Kaelen dirigió a la tripulación con determinación, buscando cualquier estrategia que pudiera ayudarlos a enfrentarse a la entidad y liberarse de su influencia. Cada miembro de la tripulación se esforzaba al máximo, trabajando juntos en un esfuerzo desesperado por salvar la nave y a ellos mismos. —¡Debemos encontrar una forma de contrarrestar su influencia! —gritó Kaelen sobre el caos que reinaba en el puente de mando—. ¡No podemos permitir que nos consuma!

Con esa determinación en mente, la tripulación se dividió en equipos, cada uno asignado a una tarea específica para combatir la entidad oscura. Algunos trabajaban para reparar los sistemas dañados de la nave, mientras que otros buscaban cualquier debilidad en la influencia de la entidad que pudieran explotar.

◆ ◆ ◆

Mientras tanto, Alara y un pequeño equipo se aventuraron fuera de la nave en trajes espaciales, buscando una manera de interactuar directamente con la entidad oscura. Armados con dispositivos especiales diseñados para contrarrestar su influencia, se acercaron con valentía a la oscuridad que los rodeaba.

—¡Debemos actuar con rapidez! —exclamó Alara, su voz resonando a través de los comunicadores—. ¡No tenemos mucho tiempo antes de que la entidad nos consuma por completo!El equipo trabajó frenéticamente para activar los dispositivos y desviar la energía de la entidad lejos de la nave. Con cada ajuste y cada maniobra, pudieron sentir la presión de la oscuridad disminuir, como si estuvieran ganando terreno contra un enemigo formidable.Finalmente, después de horas de lucha desesperada, la entidad oscura comenzó a retroceder, retirándose lentamente ante la determinación y la valentía de la tripulación. Con un último esfuerzo, lograron liberarse por completo de su influencia, dejando atrás la oscuridad que había amenazado con consumirlos.—¡Lo hemos logrado! —exclamó Kaelen, observando con alivio cómo la entidad oscura se desvanecía en el espacio—. ¡Hemos derrotado a la oscuridad y salvado la nave!La tripulación celebró su victoria con alegría y alivio, sabiendo que habían superado su prueba más grande hasta el momento. Con la entidad oscura derrotada y la nave segura una vez más, pudieron continuar su viaje hacia el último horizonte estelar con renovada determinación y esperanza en sus corazones.

Y así, con el sol brillando sobre sus cabezas y las estrellas brillando en el vasto cielo nocturno, la tripulación de la Luz del Amanecer se embarcó en su próxima aventura, lista para enfrentar los desafíos y descubrimientos que les esperaban en su búsqueda de la verdad en las estrellas. Con cada paso que daban, se acercaban más a la verdad que habían estado buscando desde el principio, preparados para enfrentar lo que sea necesario para alcanzar su objetivo final en las estrellas.

La nave continuó su travesía por el vasto cosmos, atravesando sistemas estelares y nebulosas en su búsqueda del último horizonte estelar. Cada nuevo descubrimiento y cada nuevo desafío los acercaba un paso más a su objetivo final, alimentando su determinación y su espíritu de aventura. En su siguiente parada, la tripulación llegó a un sistema estelar remoto habitado por una civilización pacífica y avanzada. Los habitantes del sistema estelar eran conocidos por su profundo respeto por el cosmos y su conexión con las estrellas, y la tripulación estaba ansiosa por aprender más sobre ellos y su relación con las Estrellas Eternas.

Al ser recibidos por los habitantes del sistema estelar,

la tripulación quedó impresionada por su sabiduría y su comprensión del universo. Los ancianos del pueblo compartieron historias y leyendas que hablaban sobre las Estrellas Eternas y su influencia en el destino del cosmos, revelando antiguos secretos que habían sido transmitidos de generación en generación.

◆ ◆ ◆

—Es asombroso —murmuró Alara, asimilando la información que les habían dado los ancianos—. Parece que las Estrellas Eternas han estado presentes en las vidas de estas personas durante siglos. Kaelen asintió, su mente zumbando con posibilidades. —Debemos aprender todo lo que podamos de ellos. Su conocimiento podría ser la clave para desbloquear los misterios del universo y encontrar el último horizonte estelar.

Con esa determinación en mente, la tripulación pasó semanas inmersa en la cultura y la sabiduría de los habitantes del sistema estelar, aprendiendo todo lo que pudieron sobre las Estrellas Eternas y su influencia en el cosmos. A medida que profundizaban en su comprensión del universo, comenzaron a notar patrones y conexiones que antes habían pasado desapercibidos, revelando una imagen más completa de las fuerzas que gobernaban el universo.

—Creo que estamos empezando a entender la verdadera naturaleza de las Estrellas Eternas —dijo Kaelen, mirando hacia el vasto cielo estrellado con asombro—. Y creo que estamos más cerca que nunca de encontrar el último horizonte estelar.

La tripulación se embarcó en su próximo destino con renovada determinación y esperanza en sus corazones, sabiendo que estaban un paso más cerca de alcanzar su objetivo final. Con cada nuevo descubrimiento y cada nueva aventura, se acercaban más a la verdad que habían estado buscando desde el principio, preparados para enfrentar lo que sea necesario para alcanzar el último horizonte estelar.

Y así, con el sol brillando sobre sus cabezas y las estrellas brillando en el vasto cielo nocturno, la tripulación de la Luz del Amanecer se lanzó hacia su próximo destino, listos para enfrentar los desafíos y descubrimientos que les esperaban en su búsqueda de la verdad en las estrellas. Con cada paso que daban, se acercaban más a su objetivo final, preparados para enfrentar lo que sea necesario para alcanzar el último horizonte estelar y descubrir los secretos del universo.

La próxima parada en su viaje los llevó a un sistema estelar en los confines del universo conocido, donde descubrieron una anomalía espacio-temporal que desafiaba toda explicación. Una grieta en el tejido del espacio-tiempo se abría ante ellos, emitiendo destellos de luz y energía que parecían provenir de otra dimensión.

—¡Esto es increíble! —exclamó uno de los miembros de la tripulación, mirando maravillado la anomalía—. ¿Qué crees que podría ser? Kaelen frunció el ceño, su mente trabajando en posibles explicaciones para lo que estaban presenciando. —No lo sé con certeza, pero creo que esta grieta podría estar relacionada con las Estrellas Eternas de alguna manera. Debemos investigar más a fondo para descubrir su origen y su propósito.

Con esa determinación en mente, la tripulación desplegó sondas de investigación para estudiar la anomalía y recopilar datos sobre su comportamiento. A medida que analizaban los resultados, comenzaron a notar patrones y fenómenos que sugerían una conexión más profunda con las Estrellas Eternas de lo que habían imaginado.

◆ ◆ ◆

—Parece que esta grieta actúa como un puente entre nuestro universo y otro plano de existencia —observó Alara, estudiando los datos con atención—. Y creo que las Estrellas Eternas podrían ser la clave para comprender su naturaleza. Kaelen asintió, su mente zumbando con posibilidades.

—Debemos encontrar una forma de estabilizar la grieta y explorar lo que se encuentra al otro lado. Si podemos entender su conexión con las Estrellas Eternas, podríamos desbloquear secretos que han estado ocultos desde el principio del tiempo. Con esa determinación en mente, la tripulación trabajó sin descanso para desarrollar una manera de estabilizar la grieta y explorar su interior. Utilizando tecnología avanzada y conocimientos recién adquiridos sobre las Estrellas Eternas, lograron abrir un portal que los llevaría al otro lado de la grieta, hacia lo desconocido.

—Es hora de cruzar el umbral —dijo Kaelen, mirando hacia el portal con determinación—. No sabemos lo que nos espera al otro lado, pero debemos estar preparados para enfrentar cualquier cosa.

Con corazones valientes y mentes alertas, la tripulación se adentró en el portal, dejando atrás el espacio conocido y adentrándose en lo desconocido. A medida que cruzaban el umbral, se prepararon para enfrentar los desafíos y peligros que les esperaban en su búsqueda del último horizonte estelar y los secretos que yacían más allá de la grieta en el espacio-tiempo.

Y así, con el sol brillando sobre sus cabezas y las estrellas brillando en el vasto cielo nocturno, la tripulación de la Luz del Amanecer se lanzó hacia lo desconocido, listos para enfrentar los desafíos y descubrimientos que les esperaban en su búsqueda de la verdad en las estrellas. Con cada paso que daban, se acercaban más a su objetivo final, preparados para enfrentar lo que sea necesario para alcanzar el último horizonte estelar y descubrir los secretos del universo.

CAPÍTULO 9: EN LAS PROFUNDIDADES DEL UNIVERSO

La tripulación de la Luz del Amanecer cruzó el umbral del portal, adentrándose en lo desconocido con determinación y valentía. A medida que avanzaban por el otro lado de la grieta en el espacio-tiempo, se encontraron inmersos en un paisaje de asombroso esplendor y misterio. El espacio a su alrededor brillaba con una luz deslumbrante y colores que parecían fluir y cambiar como si estuvieran vivos. Estrellas desconocidas parpadeaban en la distancia, emitiendo destellos de energía que iluminaban el vacío del espacio con una belleza indescriptible.

—¡Esto es increíble! —exclamó uno de los miembros de la tripulación, mirando maravillado el paisaje que se extendía ante ellos—. ¿Dónde crees que estamos? Kaelen miró a su alrededor con asombro, tratando de comprender la magnitud de lo que estaban presenciando.

◆ ◆ ◆

—Creo que hemos entrado en otro plano de existencia, un lugar donde las leyes del tiempo y el espacio pueden no aplicarse de la misma manera que en nuestro universo. Pero no podemos permitirnos perder de vista nuestro objetivo. Debemos encontrar pistas sobre las Estrellas Eternas y su relación con este lugar.

◆ ◆ ◆

Con esa determinación en mente, la tripulación se embarcó en una exploración de su nuevo entorno, buscando cualquier señal o indicio que pudiera llevarlos más cerca de su objetivo final. A medida que avanzaban por el paisaje alienígena, se encontraron con una serie de fenómenos y maravillas que desafiaban toda explicación. En una de sus exploraciones, se encontraron con un mundo cubierto de cristales resplandecientes que parecían pulsar con vida propia. Los cristales emitían un brillo suave y una energía que parecía vibrar en sintonía con el universo mismo.

—Esto es increíble —murmuró Alara, tocando con cautela uno de los cristales—. Nunca he visto algo así en mi vida. Kaelen asintió, su mente trabajando en posibles explicaciones para la extraña belleza que los rodeaba. —Creo que estos cristales podrían ser una manifestación de la energía de las Estrellas Eternas. Debemos estudiarlos con cuidado y ver si podemos descubrir más sobre su naturaleza y su propósito.

Con esa determinación en mente, la tripulación comenzó a recolectar muestras de los cristales y a realizar análisis detallados de su composición y propiedades. A medida que profundizaban en su investigación, comenzaron a descubrir que los cristales estaban imbuidos de una energía única que parecía estar conectada directamente con las Estrellas Eternas.

—Esto confirma nuestras sospechas —dijo Kaelen, estudiando los datos con atención—. Estos cristales son una forma de manifestación de las Estrellas Eternas en este plano de existencia. Debemos seguir estudiándolos para descubrir más sobre su naturaleza y su propósito. Mientras tanto, Alara y un equipo de exploradores se aventuraron más allá, adentrándose en las profundidades del universo en busca de respuestas. A medida que avanzaban, se encontraron con una serie de estructuras antiguas y ruinas que parecían ser el legado de una civilización perdida en el tiempo. —Esto es fascinante —dijo Alara, observando con asombro las ruinas que se extendían ante ellos—. Parece que esta civilización tenía un profundo conocimiento de las Estrellas Eternas y su influencia en el cosmos. Kaelen asintió, su mente trabajando en posibles conexiones entre la civilización perdida y las Estrellas Eternas.

—Debemos explorar más estas ruinas y ver si podemos descubrir más pistas sobre la naturaleza de las Estrellas Eternas y su relación con este lugar. Con esa determinación en mente, la tripulación se embarcó en una expedición para explorar las ruinas y desentrañar sus misterios. A medida que investigaban más a fondo, comenzaron a descubrir artefactos y registros que hablaban sobre las Estrellas Eternas y su influencia en la civilización perdida.

—Esto es asombroso —exclamó uno de los miembros de la tripulación, examinando un antiguo manuscrito con atención —. Parece que estas ruinas contienen un conocimiento profundo sobre las Estrellas Eternas y su papel en el universo. Kaelen asintió, su mente zumbando con posibilidades.

—Debemos llevar estos hallazgos de regreso a la nave y estudiarlos con cuidado. Podrían contener las respuestas que hemos estado buscando desde el principio. Con esa determinación en mente, la tripulación recopiló los artefactos y registros encontrados en las ruinas y los llevó de regreso a la nave para su análisis. Mientras tanto, continuaron explorando el paisaje alienígena en busca de más pistas sobre las Estrellas Eternas y su conexión con este lugar misterioso.

◆ ◆ ◆

Y así, con cada descubrimiento y cada aventura, la tripulación de la Luz del Amanecer se acercaba más a la verdad que habían estado buscando desde el principio, preparados para enfrentar los desafíos y peligros que encontraran en su camino hacia el último horizonte estelar. Cada paso que daban los llevaba más cerca de desentrañar los misterios del universo y comprender el verdadero significado detrás de las Estrellas Eternas.

Mientras analizaban los artefactos y registros encontrados en las ruinas, la tripulación comenzó a descubrir información intrigante sobre la civilización perdida y su relación con las Estrellas Eternas. Los antiguos textos hablaban de una época en la que las estrellas eran adoradas como dioses, veneradas por su influencia en la vida y el destino de los habitantes del universo.

—Esto es asombroso —murmuró Alara, leyendo un antiguo pergamino con atención—. Parece que esta civilización entendía la importancia de las Estrellas Eternas mucho antes que nosotros. Kaelen asintió, su mente trabajando en posibles implicaciones. —Esto sugiere que las Estrellas Eternas han estado presentes en la historia del universo desde tiempos inmemoriales. Debemos seguir investigando para descubrir más sobre su verdadero poder y su influencia en el cosmos.

◆ ◆ ◆

Con esa determinación en mente, la tripulación continuó su investigación, analizando cada artefacto y registro con cuidado en busca de pistas que los acercaran más a la verdad. A medida que profundizaban en su estudio, comenzaron a notar patrones y conexiones que sugerían una comprensión más profunda de las Estrellas Eternas y su papel en el universo.

—Creo que estamos empezando a entender la verdadera naturaleza de las Estrellas Eternas —dijo Kaelen, observando los datos con asombro—. Y creo que estamos más cerca que nunca de alcanzar el último horizonte estelar. Sin embargo, su trabajo estaba lejos de terminar. Mientras continuaban su investigación, se encontraron con nuevos desafíos y misterios que los llevaron aún más lejos en su búsqueda del último horizonte estelar. En su próxima parada, se encontraron con una serie de fenómenos astronómicos inexplicables que desafiaban toda explicación racional. —Esto es intrigante —comentó uno de los miembros de la tripulación, observando un extraño objeto celestial a través del telescopio—. ¿Qué crees que podría ser? Kaelen frunció el ceño, estudiando el objeto con atención.

◆ ◆ ◆

—No lo sé, pero parece que estamos frente a algo completamente nuevo. Debemos investigar más a fondo para comprender su naturaleza y su origen. Con esa determinación en mente, la tripulación se embarcó en una exploración del objeto celestial, utilizando todos los recursos a su disposición para estudiarlo en detalle. A medida que se acercaban más, comenzaron a notar signos de actividad inusual que sugerían que el objeto podría no ser lo que parecía.

◆ ◆ ◆

—¡Cuidado! —advirtió Kaelen, cuando detectaron un aumento repentino en la actividad del objeto—. Parece que está reaccionando a nuestra presencia de alguna manera. La tripulación observó con asombro mientras el objeto se transformaba ante sus ojos, revelando una estructura compleja y una energía que parecía resonar en armonía con el universo mismo. Se dieron cuenta de que habían tropezado con algo más que un simple fenómeno astronómico; habían descubierto una puerta hacia lo desconocido, una oportunidad para desentrañar los secretos del universo y alcanzar el último horizonte estelar. —Esto es increíble —murmuró Alara, mirando maravillada la estructura que se extendía ante ellos—. Parece que hemos encontrado nuestra próxima parada en nuestra búsqueda del último horizonte estelar.

◆ ◆ ◆

Kaelen asintió, su mente zumbando con emoción. —Debemos prepararnos para lo que sea que nos aguarde al otro lado. Estamos a punto de embarcarnos en la aventura más grande de nuestras vidas. Con esa determinación en mente, la tripulación se preparó para cruzar la puerta hacia lo desconocido, lista para enfrentar los desafíos y descubrimientos que les esperaban en su búsqueda de la verdad en las estrellas. Con cada paso que daban, se acercaban más a su objetivo final, preparados para enfrentar lo que sea necesario para alcanzar el último horizonte estelar y descubrir los secretos del universo.

◆ ◆ ◆

La tripulación se acercó con cautela a la puerta hacia lo desconocido, preparados para cruzar el umbral hacia un nuevo mundo de misterios y maravillas. Con cada paso que daban, podían sentir la energía pulsante de la estructura, como si estuviera viva y esperando su llegada.

—Estamos listos para cruzar —anunció Kaelen, mirando a su equipo con determinación—. Estén preparados para lo que sea que nos aguarde al otro lado. Con un último vistazo hacia atrás, la tripulación se adentró en la puerta, dejando atrás el espacio conocido y aventurándose en lo desconocido. Al otro lado, se encontraron inmersos en un paisaje de asombroso esplendor y misterio, donde las leyes del tiempo y el espacio parecían haber sido retorcidas y distorsionadas.

◆ ◆ ◆

—Esto es asombroso —murmuró Alara, mirando maravillada a su alrededor—. Parece que hemos entrado en un reino completamente nuevo. Kaelen asintió, su mente trabajando en posibles explicaciones para lo que estaban presenciando. —Creo que hemos llegado a una dimensión alternativa, un lugar donde las leyes del universo pueden ser diferentes de lo que conocemos. Debemos proceder con cautela y estar preparados para cualquier eventualidad.

◆ ◆ ◆

Con esa determinación en mente, la tripulación se adentró más en el nuevo mundo, explorando cada rincón y recoveco en busca de pistas sobre el último horizonte estelar. A medida que avanzaban, se encontraron con una serie de desafíos y pruebas que pusieron a prueba su coraje y su ingenio, pero no retrocedieron ante el desafío.

—Debemos seguir adelante —dijo Kaelen, animando a su equipo a medida que avanzaban—. No podemos permitir que nada nos detenga en nuestra búsqueda.

◆ ◆ ◆

Finalmente, después de horas de exploración, la tripulación llegó a un lugar de asombroso esplendor: una ciudad antigua que parecía haber sido construida por una civilización avanzada e inteligente. Las calles estaban llenas de vida y actividad, con seres extraños y fascinantes que iban y venían en sus quehaceres diarios. —Esto es increíble —exclamó Alara, observando maravillada la ciudad que se extendía ante ellos—. Parece que hemos encontrado una civilización perdida en el tiempo.

Kaelen asintió, su mente trabajando en posibles conexiones entre la ciudad y las Estrellas Eternas. —Debemos explorar más esta ciudad y ver si podemos descubrir pistas sobre las Estrellas Eternas y su influencia en este lugar. Con esa determinación en mente, la tripulación se aventuró más profundamente en la ciudad, interactuando con sus habitantes y aprendiendo todo lo que pudieron sobre su cultura y su historia. A medida que profundizaban en su comprensión de la civilización perdida, comenzaron a descubrir pistas sobre las Estrellas Eternas y su papel en el universo.

—Creo que estamos empezando a entender la verdadera naturaleza de las Estrellas Eternas —dijo Kaelen, observando los datos que habían recopilado—. Y creo que estamos más cerca que nunca de alcanzar el último horizonte estelar.

◆ ◆ ◆

Sin embargo, su trabajo estaba lejos de terminar. Mientras continuaban explorando la ciudad y desentrañando sus misterios, se encontraron con nuevos desafíos y peligros que los llevaron aún más lejos en su búsqueda del último horizonte estelar. En su próxima parada, descubrieron un templo antiguo que parecía ser un lugar de culto dedicado a las Estrellas Eternas.

—Esto es intrigante —comentó uno de los miembros de la tripulación, observando el templo con atención—. Creo que hemos encontrado un lugar importante en nuestra búsqueda. Kaelen asintió, su mente zumbando con emoción. —Debemos explorar este templo y ver si podemos descubrir más pistas sobre las Estrellas Eternas y su influencia en este lugar. Con esa determinación en mente, la tripulación se adentró en el templo, preparados para enfrentar los desafíos y descubrimientos que les esperaban en su búsqueda de la verdad en las estrellas. Con cada paso que daban, se acercaban más a su objetivo final, preparados para enfrentar lo que sea necesario para alcanzar el último horizonte estelar y descubrir los secretos del universo.

Dentro del antiguo templo, la tripulación se encontró inmersa en un ambiente de misterio y serenidad. Las paredes estaban decoradas con intrincados grabados que representaban las estrellas y constelaciones, mientras que en el centro del templo se alzaba un altar en honor a las Estrellas Eternas.

◆ ◆ ◆

—Este lugar emana una energía poderosa —susurró Alara, sintiendo la atmósfera del templo penetrar en su ser—. Parece que estamos cerca de descubrir la verdad que hemos estado buscando. Kaelen asintió con solemnidad, observando el altar con reverencia. —Debemos proceder con cuidado y respeto. Este templo podría contener respuestas cruciales sobre las Estrellas Eternas y su influencia en el universo.

Con pasos cautelosos, la tripulación se acercó al altar y comenzó a examinar los grabados y reliquias que lo rodeaban. Cada inscripción parecía contar una historia, revelando conocimientos ancestrales sobre el papel de las Estrellas Eternas en la creación y el destino del cosmos.

—Esto es increíble —murmuró uno de los miembros de la tripulación, estudiando los grabados con atención —. Parece que estas inscripciones contienen la clave para comprender el verdadero poder de las Estrellas Eternas. Kaelen asintió, su mente trabajando en posibles conexiones entre las inscripciones y los secretos del universo.

—Debemos registrar cada detalle y estudiarlos con cuidado.

Estoy seguro de que estas inscripciones nos llevarán más cerca de nuestra meta. Mientras exploraban el templo, la tripulación descubrió una serie de cámaras ocultas que parecían contener artefactos antiguos y reliquias sagradas. Entre ellos, encontraron un artefacto único que brillaba con una luz misteriosa y pulsante.

◆ ◆ ◆

—¡Esto es asombroso! —exclamó Alara, sosteniendo el artefacto en sus manos—. Parece que hemos encontrado algo realmente especial. Kaelen examinó el artefacto con interés, notando los símbolos tallados en su superficie. —Estos símbolos son antiguos y poderosos. Creo que este artefacto podría ser la clave para desbloquear los secretos finales de las Estrellas Eternas. Con determinación renovada, la tripulación continuó explorando el templo, buscando más pistas y artefactos que pudieran ayudarlos en su búsqueda. A medida que profundizaban en su investigación, comenzaron a sentir la presencia de una fuerza antigua y poderosa que parecía guiarlos hacia la verdad. —Siento que estamos cerca de descubrir algo importante —dijo uno de los miembros de la tripulación, emocionado por las posibilidades que se presentaban ante ellos. Kaelen asintió, su corazón lleno de esperanza y anticipación. —Debemos seguir adelante con valentía y determinación. Estoy seguro de que lo que descubramos aquí nos llevará más cerca que nunca del último horizonte estelar.

◆ ◆ ◆

Con esa determinación en mente, la tripulación continuó explorando el templo, siguiendo las pistas y revelaciones que encontraban en su camino. Con cada paso que daban, se acercaban más a la verdad que habían estado buscando desde el principio, preparados para enfrentar lo que sea necesario para alcanzar el último horizonte estelar y descubrir los secretos del universo.

Mientras exploraban las profundidades del templo, la tripulación se encontró con una cámara secreta que parecía ser el corazón mismo del santuario. En el centro de la cámara se encontraba un pedestal adornado con gemas resplandecientes y símbolos antiguos tallados en piedra.

—Este lugar es impresionante —susurró Alara, maravillada por la majestuosidad del lugar—. Parece que hemos llegado al punto culminante de nuestra búsqueda. Kaelen asintió solemnemente, sintiendo una sensación de reverencia al estar en la presencia de algo tan antiguo y poderoso. —Debemos proceder con cuidado. Estoy seguro de que lo que encontramos aquí podría cambiar nuestro entendimiento del universo para siempre.

Con pasos cautelosos, la tripulación se acercó al pedestal, sintiendo la energía que emanaba de él. Al tocar las gemas incrustadas en la superficie, una luz brillante llenó la cámara, iluminando los símbolos tallados en las paredes. —¡Miren esto! —exclamó uno de los miembros de la tripulación, señalando hacia los símbolos—. Parece que están contando una historia.

Kaelen estudió los símbolos con atención, tratando de descifrar su significado. Con cada momento que pasaba, la verdad comenzaba a revelarse ante sus ojos, revelando los secretos ancestrales de las Estrellas Eternas y su conexión con el universo. —Estos símbolos parecen describir la creación misma del cosmos —murmuró Kaelen, maravillado por lo que estaba viendo—. Parece que las Estrellas Eternas jugaron un papel fundamental en dar forma al universo y guiar su evolución a lo largo del tiempo.

Alara asintió, sintiendo una sensación de asombro y asombro ante las revelaciones que estaban presenciando. —Esto es increíble. Significa que las Estrellas Eternas son mucho más que simples astros en el cielo. Son los arquitectos mismos del universo.

◆ ◆ ◆

Con esa comprensión recién adquirida, la tripulación se sintió renovada en su determinación de alcanzar el último horizonte estelar y desentrañar los secretos finales del cosmos. Con cada paso que daban, se acercaban más a su objetivo final, listos para enfrentar cualquier desafío que se interpusiera en su camino.

—Es hora de seguir adelante —declaró Kaelen, mirando a su equipo con determinación—. Tenemos la información que necesitamos. Ahora es el momento de llevarla de vuelta a casa y usarla para avanzar en nuestra búsqueda. Con esa resolución en mente, la tripulación dejó el templo detrás y se dirigió de regreso a la nave, llevando consigo el conocimiento antiguo que habían descubierto en su viaje. Sabían que el camino hacia el último horizonte estelar estaría lleno de desafíos y peligros, pero estaban listos para enfrentarlos con valentía y determinación. Con cada paso que daban, se acercaban más a la verdad que habían estado buscando desde el principio, preparados para alcanzar el último horizonte estelar y descubrir los secretos finales del universo.

De vuelta en la nave, la tripulación se reunió en la sala de conferencias para revisar los hallazgos que habían hecho en el templo. Con los datos recopilados y los símbolos grabados en sus mentes, comenzaron a trazar un plan para avanzar en su búsqueda del último horizonte estelar.

—Estos descubrimientos son increíbles —dijo Alara, con entusiasmo palpable en su voz—. Creo que estamos más cerca que nunca de desentrañar los secretos del universo. Kaelen asintió, sintiendo una sensación de satisfacción por el progreso que habían logrado. —Pero aún queda mucho trabajo por hacer. Debemos usar esta información para trazar nuestro próximo curso de acción y avanzar en nuestra búsqueda.

Con esa determinación en mente, la tripulación comenzó a analizar los datos recopilados y a trazar un plan para su siguiente paso. Sabían que enfrentarían desafíos aún mayores en el camino, pero estaban listos para superarlos con valentía y determinación.

—Creo que nuestro próximo destino debería ser el centro del universo conocido —sugirió uno de los miembros de la tripulación—. Es posible que encontremos más pistas sobre las Estrellas Eternas y su papel en la creación del cosmos.

Kaelen asintió, viendo el valor en esa sugerencia. —Es una idea sólida. Pero debemos estar preparados para lo que sea que encontremos allí. El centro del universo es un lugar de gran misterio y peligro. Con el plan trazado y la determinación en sus corazones, la tripulación se preparó para partir hacia su próximo destino. Sabían que el camino sería difícil y lleno de obstáculos, pero estaban listos para enfrentar cualquier desafío que se interpusiera en su camino.

◆ ◆ ◆

—Es hora de continuar nuestra búsqueda del último horizonte estelar —declaró Kaelen, mirando a su equipo con determinación—. Juntos, podemos superar cualquier desafío y descubrir los secretos finales del universo. Con esa determinación en mente, la tripulación se embarcó en su nave una vez más, listos para enfrentar lo que sea que les esperara en su búsqueda del último horizonte estelar. Con cada salto de la nave hacia lo desconocido, se acercaban más a su objetivo final, preparados para alcanzar las estrellas y desvelar los secretos finales del cosmos.

A medida que la nave se alejaba del templo y se adentraba en el vasto espacio, la tripulación se preparó para enfrentar los desafíos que les esperaban en su próximo destino: el centro del universo conocido. Con cada salto de la nave a través del hiperespacio, se acercaban más al corazón mismo del cosmos, donde esperaban encontrar las respuestas que habían estado buscando desde el principio.

—Estamos en camino hacia el centro del universo —anunció Kaelen, observando los controles de navegación con concentración—. Este será nuestro desafío más grande hasta ahora, pero estoy seguro de que juntos podemos superarlo. La tripulación asintió en acuerdo, preparándose para lo que sea que les esperara en su viaje hacia el centro del universo. Sabían que enfrentarían peligros desconocidos y desafíos inimaginables, pero estaban decididos a perseverar en su búsqueda del último horizonte estelar.

◆ ◆ ◆

A medida que se acercaban al centro del universo, comenzaron a notar cambios sutiles en el espacio a su alrededor. Las estrellas brillaban con una intensidad inusual, y la energía del cosmos parecía palpitar con una fuerza renovada.

—Estamos llegando al centro del universo —dijo Alara, observando el panorama a través de las ventanas de la nave—. Esto es asombroso. Kaelen asintió, sintiendo una sensación de asombro y anticipación en su interior. —Pero también debemos estar preparados para lo que sea que encontremos aquí. El centro del universo es un lugar de gran misterio y poder.

Con esa advertencia en mente, la tripulación se mantuvo alerta mientras continuaban su viaje hacia el centro del cosmos. A medida que se acercaban más y más, comenzaron a sentir una presencia ominosa que parecía envolverlos en su abrazo. —Algo no está bien —murmuró uno de los miembros de la tripulación, mirando nerviosamente a su alrededor—. Siento que estamos siendo observados.

Kaelen frunció el ceño, tratando de discernir la naturaleza de la extraña sensación que los rodeaba. —Debemos mantenernos alerta. No sabemos qué peligros nos esperan en el centro del universo. Con precaución renovada, la tripulación continuó avanzando, preparada para enfrentar cualquier desafío que se interpusiera en su camino. Finalmente, después de horas de viaje, llegaron al centro mismo del cosmos, donde las estrellas brillaban con una intensidad deslumbrante y la energía del universo parecía converger en un solo punto. —Estamos aquí —anunció Kaelen, observando el panorama con asombro —. El centro del universo. Pero antes de que pudieran tomar aliento, fueron recibidos por una presencia misteriosa que parecía manifestarse desde las profundidades del espacio.

—¡Intrusos! —resonó una voz poderosa en sus mentes —. ¿Qué osa perturbar el equilibrio del cosmos? La tripulación se congeló, sorprendida por la inesperada comunicación telepática. Sabían que estaban frente a algo más que un simple fenómeno astronómico; estaban frente a una fuerza antigua y poderosa que había estado observando el universo desde tiempos inmemoriales.

—Somos la tripulación de la Luz del Amanecer —respondió Kaelen, tratando de mantener la compostura—. Estamos en busca del último horizonte estelar y de los secretos del cosmos. Hubo un momento de silencio tenso antes de que la presencia respondiera. —¿El último horizonte estelar? —repitió la voz, llena de curiosidad—. ¿Qué buscáis en él? Kaelen respiró hondo, preparándose para revelar la verdadera naturaleza de su misión.

—Buscamos comprender el verdadero significado de las Estrellas Eternas y su papel en la creación y el destino

del universo. Hubo otro momento de silencio antes de que la presencia respondiera, esta vez con un tono de respeto y aceptación. —Entiendo vuestro propósito —dijo la voz—. Pero el camino hacia el último horizonte estelar es peligroso y lleno de desafíos. ¿Estáis dispuestos a enfrentar lo que sea necesario para alcanzar vuestro objetivo? La tripulación intercambió miradas determinadas antes de que Kaelen respondiera con voz firme.

—Estamos dispuestos a enfrentar cualquier desafío que se interponga en nuestro camino. Estamos preparados para hacer lo que sea necesario para descubrir los secretos finales del universo. La presencia pareció considerar sus palabras antes de finalmente responder. —Entonces, seguid adelante, valientes exploradores. El camino hacia el último horizonte estelar os espera. Pero recordad, el poder de las Estrellas Eternas es grande y misterioso. Usadlo con sabiduría y humildad. Con esa bendición en sus corazones, la tripulación

CAPÍTULO 10: LA REVELACIÓN DEL ÚLTIMO HORIZONTE ESTELAR

La tripulación de la nave Luz del Amanecer continuó su viaje hacia el último horizonte estelar, guiados por la presencia misteriosa que habían encontrado en el centro del universo conocido. A medida que avanzaban, se encontraron con nuevos desafíos y peligros que pusieron a prueba su determinación y coraje. —Estamos en camino hacia el último horizonte estelar —declaró Kaelen, observando los controles de navegación con concentración—. Pero debemos estar preparados para lo que sea que nos aguarde en nuestro camino.

La tripulación asintió en acuerdo, lista para enfrentar cualquier desafío que se interpusiera en su búsqueda de la verdad en las estrellas. Sabían que el camino sería difícil y peligroso, pero estaban decididos a perseverar hasta el final.

Mientras viajaban a través del espacio, la tripulación comenzó a notar cambios sutiles en su entorno. Las estrellas brillaban con una intensidad deslumbrante, y la energía del universo parecía vibrar con una fuerza renovada. —Estamos cerca —murmuró Alara, sintiendo la energía del cosmos resonar a su alrededor—. Puedo sentirlo en el aire.

◆ ◆ ◆

Kaelen asintió, sintiendo una sensación de anticipación palpable en el aire. —Pero debemos estar preparados. No sabemos qué nos espera en el último horizonte estelar. Con esa advertencia en mente, la tripulación continuó avanzando, listos para enfrentar cualquier desafío que se interpusiera en su camino. Finalmente, después de horas de viaje, llegaron al borde mismo del último horizonte estelar, donde el espacio parecía doblarse y retorcerse en formas imposibles.

—¡Estamos aquí! —exclamó uno de los miembros de la tripulación, señalando hacia el horizonte distante—. ¡El último horizonte estelar! Kaelen observó el horizonte con asombro, sintiendo una sensación de realización que se apoderaba de él. —Pero antes de cruzar, debemos estar preparados. No sabemos qué nos aguarda al otro lado. Con precaución renovada, la tripulación se preparó para cruzar el último horizonte estelar, listos para enfrentar cualquier desafío que se presentara en su camino. Con cada paso que daban, se acercaban más a la verdad que habían estado buscando desde el principio.

—Es hora de cruzar —declaró Kaelen, mirando a su equipo con determinación—. Estamos listos para enfrentar lo que sea que nos aguarde al otro lado. Con esa determinación en mente, la tripulación se adentró en el último horizonte estelar, preparada para enfrentar lo desconocido y descubrir los secretos finales del universo. Con cada paso que daban, se acercaban más a la verdad que habían estado buscando desde el principio, listos para enfrentar cualquier desafío que se interpusiera en su camino.

◆ ◆ ◆

A medida que cruzaban el último horizonte estelar, la tripulación se encontró inmersa en un paisaje de asombroso esplendor y maravilla. Las estrellas brillaban con una intensidad deslumbrante, y la energía del cosmos parecía palpitar con una fuerza renovada.

—¡Es hermoso! —exclamó Alara, maravillada por la magnificencia del paisaje que se extendía ante ellos—. ¡Nunca he visto nada igual! Kaelen asintió, sintiendo una sensación de asombro y asombro que lo envolvía. —Pero debemos mantenernos alerta. No sabemos qué peligros nos esperan en este lugar.

Con esa advertencia en mente, la tripulación continuó avanzando a través del último horizonte estelar, explorando cada rincón y recoveco en busca de pistas sobre la verdad detrás de las Estrellas Eternas. A medida que profundizaban en su exploración, comenzaron a notar signos de actividad inusual que sugerían que no estaban solos en este lugar.

—¡Cuidado! —advirtió Kaelen, cuando detectaron un aumento repentino en la actividad a su alrededor—. Parece que estamos siendo observados. La tripulación se mantuvo alerta, preparada para enfrentar cualquier desafío que se interpusiera en su camino. A medida que avanzaban, se encontraron con una serie de pruebas y obstáculos que pusieron a prueba su coraje y determinación.

—No podemos retroceder ahora —dijo Alara, mirando a su equipo con determinación—. Debemos seguir adelante y enfrentar lo que sea que nos aguarde.

◆ ◆ ◆

Con esa determinación en mente, la tripulación continuó avanzando, decidida a alcanzar su objetivo final y descubrir los secretos finales del universo. Con cada paso que daban, se acercaban más a la verdad que habían estado buscando desde el principio, listos para enfrentar cualquier desafío que se interpusiera en su camino. Finalmente, después de horas de exploración,

la tripulación llegó a un lugar de asombroso esplendor y misterio dentro del último horizonte estelar. Se encontraron frente a una estructura imponente, que se alzaba majestuosamente en el paisaje celestial, emanando una energía antigua y poderosa.

—¡Miren eso! —exclamó uno de los miembros de la tripulación, señalando hacia la estructura—. Parece ser el centro de todo esto. Kaelen observó la estructura con atención, sintiendo una atracción magnética hacia ella. —Debemos investigar más de cerca —dijo con determinación—. Esta podría ser la clave para desentrañar los misterios del último horizonte estelar.

Con cautela, la tripulación se acercó a la estructura, maravillada por su magnificencia. A medida que se adentraban en su interior, se encontraron con una serie de cámaras y pasillos adornados con inscripciones antiguas y artefactos misteriosos.

◆ ◆ ◆

—Esto es increíble —murmuró Alara, admirando los grabados en las paredes—. Parece que estamos en un lugar de gran importancia histórica. Kaelen asintió, su mente trabajando en posibles conexiones entre las inscripciones y los secretos del último horizonte estelar. —Debemos estudiar estas inscripciones con cuidado. Creo que contienen pistas importantes sobre lo que estamos buscando.

Mientras exploraban más a fondo la estructura, la tripulación comenzó a descubrir artefactos antiguos y reliquias que parecían estar imbuidos con una energía misteriosa y poderosa. —¡Miren esto! —exclamó uno de los miembros de la tripulación, levantando un artefacto brillante—. Parece ser de origen celestial. Kaelen examinó el artefacto con fascinación, sintiendo una resonancia familiar con la energía de las Estrellas Eternas.

—Creo que hemos encontrado algo importante — dijo con seriedad—. Este artefacto podría contener respuestas clave sobre el último horizonte estelar.

Con esa revelación en mente, la tripulación continuó explorando la estructura, siguiendo las pistas y descubrimientos que encontraban en su camino. A medida que profundizaban en su investigación, comenzaron a sentir la presencia de una fuerza antigua y poderosa que parecía guiarlos hacia la verdad. —Siento que estamos cerca de descubrir la verdad final —dijo Alara, emocionada por las posibilidades que se presentaban ante ellos. Kaelen asintió, sintiendo una sensación de anticipación que se apoderaba de él.

—Debemos seguir adelante con determinación. Estoy seguro de que lo que descubramos aquí nos llevará más cerca que nunca del último horizonte estelar. Con esa determinación en mente, la tripulación se adentró más en la estructura, preparada para enfrentar los desafíos y descubrimientos que les esperaban en su búsqueda de la verdad en las estrellas. Con cada paso que daban, se acercaban más a su objetivo final, listos para enfrentar cualquier desafío que se interpusiera en su camino hacia el último horizonte estelar.

Dentro de la estructura, la tripulación se encontró con una sala central que parecía ser el corazón mismo del lugar. En el centro de la sala se erguía un pedestal en el que reposaba un artefacto antiguo y resplandeciente, rodeado por una tenue luz celestial.

—Este debe ser el objeto que estábamos buscando —declaró Kaelen, con los ojos brillando de emoción—. Debemos examinarlo con cuidado. Con reverencia, la tripulación se acercó al pedestal y observó el artefacto con asombro. Parecía emanar una energía única y poderosa que los envolvía en un aura celestial.

◆ ◆ ◆

—¿Qué creéis que es esto? —preguntó Alara, admirando la belleza del artefacto. Kaelen examinó el artefacto con atención, notando los intrincados grabados y símbolos que adornaban su superficie. —Creo que esto es más que un simple artefacto. Es una llave, una llave que podría abrir la puerta hacia el último horizonte estelar. La tripulación se quedó sin aliento ante esa revelación, consciente del significado trascendental del artefacto que tenían frente a ellos. —Entonces, ¿qué esperamos? —preguntó uno de los miembros de la tripulación, lleno de entusiasmo—. ¡Debemos usar esta llave y abrir la puerta hacia el último horizonte estelar!

Kaelen asintió, sintiendo una mezcla de emoción y anticipación. —Pero debemos proceder con cuidado. No sabemos qué nos aguarda al otro lado de esa puerta. Con determinación renovada, la tripulación colocó el artefacto en el pedestal y activó los mecanismos que lo rodeaban. Con un zumbido suave, la puerta comenzó a abrirse lentamente, revelando un resplandor cegador que emanaba del otro lado.

—¡Es hora de cruzar hacia el último horizonte estelar! —declaró Kaelen, avanzando valientemente hacia la puerta abierta. Con pasos firmes, la tripulación siguió a su líder, preparada para enfrentar lo que sea que les esperara al otro lado. Con un último vistazo atrás, cruzaron el umbral hacia el desconocido, listos para descubrir los secretos finales del universo en el último horizonte estelar.

A medida que la tripulación exploraba más a fondo la estructura, comenzaron a encontrar cámaras ocultas y pasadizos secretos que revelaban aún más secretos del último horizonte estelar. En una de las cámaras, descubrieron un altar adornado con gemas resplandecientes y símbolos antiguos tallados en la piedra, emanando una energía palpable que los envolvía.

—Este lugar es asombroso —murmuró Alara, sintiendo la energía del altar resonar en su interior—. Parece que estamos en el corazón mismo del último horizonte estelar. Kaelen asintió, su mirada escudriñando los símbolos tallados en el altar.

—Estos símbolos contienen la clave para entender el verdadero poder de las Estrellas Eternas. Debemos estudiarlos con atención. Con determinación renovada, la tripulación comenzó a examinar los símbolos y a recopilar información sobre el altar y su significado. A medida que profundizaban en su investigación, comenzaron a darse cuenta de que el altar era mucho más que una simple reliquia antigua; era un canal directo hacia las Estrellas Eternas y su sabiduría ancestral.

—Creo que hemos encontrado el acceso a la fuente de todo conocimiento —dijo Kaelen, maravillado por la revelación—. Este altar podría ser la clave para desbloquear los secretos finales del último horizonte estelar. Con esa comprensión en mente, la tripulación se preparó para realizar un ritual especial en el altar, buscando obtener respuestas y guía de las Estrellas Eternas. Con cada palabra pronunciada y cada gesto realizado, sintieron una conexión más profunda con el universo y su misterioso poder.

—Siento una energía increíble —dijo Alara, sintiendo la presencia de las Estrellas Eternas a su alrededor—. Parece que estamos tocando la esencia misma del cosmos. Kaelen asintió, sintiendo una sensación de asombro y gratitud en su interior. —Pero debemos ser cuidadosos. El poder de las Estrellas Eternas es grande y misterioso. Debemos usarlo con sabiduría y respeto.

Con esa advertencia en mente, la tripulación continuó con el ritual, buscando respuestas y orientación en su búsqueda del último horizonte estelar. A medida que el ritual llegaba a su fin, sintieron una sensación de paz y claridad que los envolvía, sabiendo que estaban un paso más cerca de su objetivo final. —Creo que hemos encontrado lo que estábamos buscando —dijo Alara, con una sonrisa de satisfacción en su rostro—. Ahora sabemos cuál es nuestro siguiente paso en este viaje.

Kaelen asintió, sintiendo una sensación de determinación renovada en su interior. —Es hora de regresar a casa y compartir nuestras revelaciones con el resto de la galaxia. Estamos listos para enfrentar lo que sea que el futuro nos depare. Con esa resolución en mente, la tripulación dejó el altar atrás y regresó a su nave, llevando consigo el conocimiento y la sabiduría que habían obtenido en su búsqueda del último horizonte estelar. Sabían que el camino hacia la verdad aún sería difícil y lleno de desafíos, pero estaban listos para enfrentarlo con valentía y determinación. Con cada paso que daban, se acercaban más a la realización de su destino y al descubrimiento de los secretos finales del universo.

Mientras la nave Luz del Amanecer se alejaba del último horizonte estelar, la tripulación se sumergió en un profundo debate sobre cómo utilizar sabiamente el conocimiento que habían adquirido. Sabían que la información que habían obtenido tenía el potencial de cambiar el curso de la historia galáctica, y debían tomar decisiones con cuidado.

—Debemos compartir lo que hemos descubierto con el resto de la galaxia —sugirió Alara, con convicción—. El conocimiento sobre las Estrellas Eternas podría ayudar a resolver muchos de los problemas que enfrentamos. Kaelen reflexionó sobre las palabras de Alara, reconociendo la importancia de compartir el conocimiento para el bienestar de todos. —Estoy de acuerdo, pero debemos asegurarnos de que se utilice de manera responsable. El poder de las Estrellas Eternas es grande y podría ser malinterpretado si cae en las manos equivocadas.

La tripulación asintió en acuerdo, consciente de la responsabilidad que conllevaba el conocimiento que habían adquirido. Decidieron que era crucial establecer salvaguardias y controles para garantizar que el conocimiento se utilizara para el bien común y no para fines destructivos.

—Creo que deberíamos establecer un consejo de sabios para supervisar el uso del conocimiento sobre las Estrellas Eternas —propuso uno de los miembros de la tripulación—. De esta manera, podemos garantizar que se utilice de manera ética y responsable. Kaelen asintió, viendo el valor en esa sugerencia.

◆ ◆ ◆

—Es una buena idea. Además, debemos trabajar en colaboración con otras civilizaciones y sistemas estelares para garantizar que el conocimiento beneficie a todos. Con esa determinación en mente, la tripulación se embarcó en una nueva misión: compartir el conocimiento sobre las Estrellas Eternas con el resto de la galaxia y trabajar juntos para construir un futuro mejor y más brillante para todos. Sabían que el camino por delante estaría lleno de desafíos y obstáculos, pero estaban preparados para enfrentarlos con valentía y determinación.

—Es hora de regresar a casa y comenzar nuestra nueva misión —declaró Kaelen, mirando a su equipo con determinación —. Juntos, podemos marcar la diferencia en el universo. Con esa resolución en mente, la tripulación se puso en marcha, lista para enfrentar el futuro con esperanza y optimismo. Sabían que aún quedaba mucho trabajo por hacer, pero estaban listos para enfrentar cualquier desafío que se interpusiera en su camino. Con cada salto de la nave hacia lo desconocido, se acercaban más a la realización de su destino y al cumplimiento de su propósito en el universo.

Mientras la nave se alejaba del último horizonte estelar, la tripulación se encontraba inmersa en un estado de reflexión y asombro por las revelaciones que habían presenciado. Se sentían imbuidos de una nueva comprensión del universo y de su lugar en él, pero también sabían que tenían una responsabilidad hacia los demás habitantes de la galaxia de compartir su conocimiento recién adquirido.

—Debemos regresar a casa y compartir nuestras experiencias con el mundo —declaró Kaelen, mirando a su equipo con determinación—. El conocimiento que hemos obtenido en nuestra búsqueda del último horizonte estelar debe ser compartido con todos.

La tripulación asintió en acuerdo, sintiendo una sensación de propósito renovado en sus corazones. Sabían que el camino de regreso estaría lleno de desafíos y peligros, pero estaban preparados para enfrentarlos con valentía y determinación.

A medida que la nave se abría paso a través del espacio, la tripulación comenzó a discutir los detalles de cómo compartirían sus descubrimientos con el resto de la galaxia. Decidieron que organizarían una conferencia especial en la que compartirían sus hallazgos con científicos, líderes políticos y ciudadanos de todas las razas y especies. —Nuestro objetivo es unir a la galaxia en el conocimiento y la comprensión mutua —explicó Alara, emocionada por la perspectiva de compartir sus descubrimientos con el mundo—. Creo que nuestras revelaciones podrían ayudar a guiar a la galaxia hacia una nueva era de paz y cooperación.

Kaelen asintió, viendo el valor en las palabras de su compañera. —Estoy de acuerdo. Nuestro viaje no solo ha sido en busca de la verdad, sino también en busca de un futuro mejor para todos nosotros. Con esa determinación en mente, la tripulación continuó su viaje de regreso a casa, sabiendo que el camino por delante estaría lleno de desafíos y adversidades. Pero también sabían que tenían un propósito claro y un objetivo noble que los guiaba en su viaje. Finalmente, después de semanas de viaje, la nave Luz del Amanecer llegó a su destino: el sistema estelar central, donde se encontraba la capital de la galaxia y el corazón mismo de la civilización. Allí, fueron recibidos con entusiasmo y anticipación por parte de los líderes y ciudadanos que esperaban escuchar sobre sus descubrimientos.

—¡Bienvenidos de vuelta, exploradores! —exclamó el líder del gobierno galáctico, saludando a la tripulación con una sonrisa—. Estamos ansiosos por escuchar sobre sus aventuras en el último horizonte estelar. Con gratitud y humildad, la tripulación se preparó para compartir sus descubrimientos con el mundo, sabiendo que estaban a punto de cambiar el curso de la historia para siempre. Con cada palabra que pronunciaban y cada detalle que compartían, sentían una sensación de realización y satisfacción que los llenaba de alegría.

—Hemos descubierto que las Estrellas Eternas son mucho más que simples astros en el cielo —explicó Kaelen, dirigiéndose a la multitud reunida—. Son los arquitectos mismos del universo, y su sabiduría contiene las claves para nuestro futuro.

La multitud escuchaba con atención, absorbiendo cada palabra con asombro y fascinación. A medida que la presentación continuaba, la tripulación compartía detalles sobre los secretos del último horizonte estelar y los mensajes de las Estrellas Eternas que habían recibido durante su búsqueda.

—Creemos que el conocimiento que hemos obtenido puede ayudarnos a guiar a la galaxia hacia una nueva era de paz y prosperidad —concluyó Alara, mirando a la multitud con esperanza en sus ojos—. Pero para hacerlo, debemos unirnos en el espíritu de cooperación y comprensión mutua. La multitud estalló en aplausos y ovaciones, emocionada por las posibilidades que se presentaban ante ellos. En ese momento, la tripulación supo que habían cumplido con su misión y que habían abierto un nuevo capítulo en la historia de la galaxia.

—Este es solo el comienzo de un nuevo viaje para todos nosotros —declaró Kaelen, mirando a su equipo con orgullo —. Y estoy emocionado de ver hacia dónde nos llevará. Con esa promesa en mente, la tripulación se unió a la celebración, sabiendo que el futuro les deparaba infinitas posibilidades y aventuras por descubrir. Juntos, estaban listos para enfrentar los desafíos y las maravillas que les esperaban en su viaje hacia el futuro desconocido.

Con el respaldo y el apoyo de la comunidad galáctica, la tripulación de la nave Luz del Amanecer se embarcó en una nueva fase de su misión. Ahora tenían la responsabilidad de compartir su conocimiento y trabajar para aplicar los principios descubiertos en su búsqueda del último horizonte estelar.

Durante los siguientes meses, la tripulación se dedicó a colaborar con científicos, líderes políticos y filósofos de toda la galaxia para comprender mejor las implicaciones de sus descubrimientos. Organizaron conferencias, seminarios y debates para discutir cómo podrían aplicar el conocimiento obtenido para el beneficio de todos.

—Es importante que trabajemos juntos para asegurarnos de que este conocimiento se utilice para el bien común —dijo Kaelen, durante una de las reuniones de colaboración —. Debemos evitar que caiga en manos equivocadas y se utilice con fines egoístas o destructivos.

La tripulación también se embarcó en nuevas misiones de exploración para investigar otros aspectos del universo y buscar más pistas sobre el funcionamiento de las Estrellas Eternas. Exploraron sistemas estelares distantes, descubrieron nuevos planetas y establecieron contacto con civilizaciones alienígenas, todo mientras seguían en busca de la verdad.

—Cada nuevo descubrimiento nos acerca un poco más a la comprensión completa del universo —dijo Alara, mientras exploraban un planeta recién descubierto—. Pero también nos recuerda lo mucho que aún tenemos por aprender.

A medida que el tiempo pasaba, la tripulación se ganó el respeto y la admiración de la galaxia por sus logros y su dedicación a la búsqueda del conocimiento. Se convirtieron en símbolos de esperanza y progreso, inspirando a otros a seguir su ejemplo y a trabajar juntos por un futuro mejor.

—Gracias a ustedes, la galaxia está unida en la búsqueda de la verdad y el progreso —dijo el líder del gobierno galáctico, durante una ceremonia en honor a la tripulación —. Su valentía y determinación nos han enseñado que juntos, podemos alcanzar las estrellas.

Con el tiempo, la tripulación de la nave Luz del Amanecer se convirtió en leyendas vivientes, recordadas por generaciones futuras como los exploradores que abrieron las puertas hacia un nuevo entendimiento del universo. Pero para ellos, la verdadera recompensa estaba en saber que habían contribuido a un mundo mejor para todos.

—Nuestro viaje está lejos de haber terminado — dijo Kaelen, mirando hacia el horizonte estelar —. Pero sé que mientras sigamos trabajando juntos, no hay límite para lo que podemos lograr.

Y así, con esa determinación y esperanza en sus corazones, la tripulación de la nave Luz del Amanecer continuó su viaje hacia el futuro desconocido, listos para enfrentar los desafíos y las maravillas que les esperaban en su búsqueda eterna del conocimiento y la verdad.

La tripulación se deleitó en la celebración, compartiendo su alegría con los habitantes del sistema estelar central. Sin embargo, sabían que su trabajo aún no había terminado. A medida que pasaban los días, se dedicaron a compartir sus descubrimientos con científicos, líderes políticos y ciudadanos de todas las razas y especies. Organizaron conferencias, seminarios y debates para discutir los detalles de su viaje y los conocimientos adquiridos en el último horizonte estelar.

La respuesta fue abrumadoramente positiva. Muchos en la galaxia se sintieron inspirados por las revelaciones de la tripulación y comenzaron a trabajar juntos para explorar aún más los misterios del universo. La cooperación entre las diferentes razas y civilizaciones alcanzó niveles sin precedentes, y la galaxia entera se unió en un esfuerzo conjunto por comprender mejor el cosmos que los rodeaba.

Mientras tanto, Kaelen, Alara y el resto de la tripulación se tomaron un tiempo para reflexionar sobre su viaje y sus experiencias en el último horizonte estelar. Se maravillaron de la magnitud de lo que habían logrado y se sintieron agradecidos por haber tenido la oportunidad de desentrañar los secretos finales del universo.

—¿Quién hubiera pensado que nuestro viaje nos llevaría

a descubrir algo tan increíble? —murmuró Alara, contemplando las estrellas desde la cubierta de observación de la nave. Kaelen asintió, admirando la belleza del espacio infinito. —Ha sido un viaje increíble, lleno de desafíos y descubrimientos. Pero lo más importante es que hemos encontrado un propósito más grande que nosotros mismos.

◆ ◆ ◆

La tripulación se tomó un momento para reflexionar sobre las palabras de Kaelen, sabiendo que habían sido parte de algo extraordinario. A medida que la galaxia continuaba su búsqueda de conocimiento y comprensión, ellos se sentían agradecidos por haber sido los pioneros que habían allanado el camino.

◆ ◆ ◆

Con el tiempo, la tripulación se despidió del sistema estelar central y emprendió un nuevo viaje hacia lo desconocido. Aunque no sabían qué les deparaba el futuro, estaban llenos de esperanza y determinación. Sabían que, pase lo que pase, siempre estarían unidos por los lazos de amistad y camaradería que habían forjado durante su viaje hacia el último horizonte estelar. Y con eso en mente, se lanzaron hacia las estrellas una vez más, listos para enfrentar los desafíos y las maravillas que les esperaban en el vasto cosmos.

CAPÍTULO 11: UN NUEVO AMANECER

Después de su exitosa misión al último horizonte estelar, la tripulación de la nave Luz del Amanecer se embarcó en una nueva serie de aventuras a lo largo de la galaxia. Aunque su viaje hacia el último horizonte estelar había llegado a su fin, sabían que aún quedaban muchos misterios por descubrir y desafíos por superar en el vasto cosmos. Durante meses, exploraron planetas desconocidos, investigaron anomalías en el espacio profundo y ayudaron a resolver conflictos entre diferentes civilizaciones. En cada nueva aventura, se encontraban con nuevos amigos y enemigos, y cada experiencia les enseñaba lecciones valiosas sobre el universo y sobre sí mismos. Pero a medida que pasaba el tiempo, la tripulación comenzó a sentir un anhelo por regresar a casa. Aunque habían disfrutado de sus viajes y aventuras, sabían que siempre habría un lugar especial en sus corazones para su hogar en el sistema estelar central.

—Creo que es hora de regresar a casa —declaró Kaelen un día, mientras la nave se encontraba en el borde de la galaxia—. Hemos explorado lo suficiente por el momento. Es hora de volver y descansar un poco.

◆ ◆ ◆

La tripulación estuvo de acuerdo con la idea, y pronto la nave Luz del Amanecer se puso en marcha hacia el sistema estelar central. Mientras viajaban a través del espacio, compartieron historias y recuerdos de sus aventuras, recordando con cariño los momentos de alegría y camaradería que habían compartido juntos.

Finalmente, después de semanas de viaje, la nave llegó al sistema estelar central y se dirigió hacia la capital de la galaxia. A medida que se acercaban a su destino, la tripulación se llenó de emoción y anticipación por volver a ver a sus amigos y seres queridos.

—¡Estamos casi allí! —exclamó Alara, observando las estrellas brillantes a través de la ventana de la cabina de mando—. No puedo esperar para ver a todos de nuevo.

Kaelen asintió, sintiendo una sensación de alegría y satisfacción en su interior. —Ha sido un viaje increíble, pero no hay nada como volver a casa. La nave entró en la atmósfera del planeta capital y descendió suavemente hacia el puerto espacial. A medida que se acercaban al suelo, la tripulación pudo ver a una multitud de personas reunidas para darles la bienvenida. Entre ellos, vieron caras conocidas y sonrisas familiares, y sus corazones se llenaron de alegría al saber que estaban finalmente en casa.

Cuando la nave tocó tierra, la tripulación salió para ser recibida por la multitud. Abrazos y felicitaciones fueron intercambiados, y la tripulación se sintió abrumada por el afecto y el apoyo de sus amigos y seres queridos. —¡Bienvenidos a casa, exploradores! —exclamó el líder del gobierno galáctico, saludando a la tripulación con una sonrisa—. Estamos muy orgullosos de todo lo que han logrado en su viaje. La tripulación sonrió, sintiéndose humildes por el cálido recibimiento.

—Gracias a todos por estar aquí —dijo Kaelen, dirigiéndose a la multitud—. Ha sido un honor servir a la galaxia en nuestra búsqueda del conocimiento y la verdad.

La multitud estalló en aplausos y vítores, celebrando el regreso triunfante de la tripulación. Durante días, se llevaron a cabo festivales y celebraciones en honor a su hazaña, y la tripulación se sumergió en la alegría y la camaradería de estar en casa una vez más.

Pero incluso en medio de la celebración, la tripulación sabía que su trabajo aún no había terminado. Aunque habían regresado a casa, sabían que siempre habría nuevas aventuras y desafíos esperándolos en el vasto cosmos. Y con eso en mente, se prepararon para enfrentar el futuro con valentía y determinación, sabiendo que estaban listos para lo que sea que el universo les depare. Y así, con el sol brillando sobre ellos y el futuro extendiéndose ante ellos, la tripulación de la nave Luz del Amanecer se embarcó en una nueva serie de aventuras, listos para explorar los misterios del cosmos y descubrir los secretos finales del universo. Con cada paso que daban, se acercaban más a la realización de su destino y al descubrimiento de lo que realmente significaba ser un explorador en el vasto y maravilloso universo.

AUTOR

Victor Ortiz es un autor reconocido por su habilidad para cautivar a los lectores con tramas complejas y personajes profundamente desarrollados. Su estilo narrativo se caracteriza por su elegancia y fluidez, que envuelve al lector en un mundo lleno de intriga y emoción. Ortiz posee una capacidad única para explorar temas universales como el amor, la pérdida, la redención y la lucha contra la adversidad, dotando a sus historias de una profundidad emocional que resuena en el corazón del lector. Con una prosa envolvente y una atención meticulosa al detalle, Victor Ortiz se destaca como un autor talentoso cuyas obras trascienden géneros y fronteras culturales, dejando una marca indeleble en la literatura contemporánea.

www.ingramcontent.com/pod-product-compliance
Lightning Source LLC
LaVergne TN
LVHW010549160826
845677LV00013B/3059

* 9 7 9 8 8 8 2 1 5 5 1 1 6 *